COLLECTION FOLIO

Erri De Luca

Impossible

Traduit de l'italien
par Danièle Valin

Gallimard

Titre original :
IMPOSSIBILE

Erri De Luca est né à Naples en 1950 et vit près de Rome. Venu à la littérature « par accident » avec *Pas ici, pas maintenant,* son premier roman mûri à la fin des années quatre-vingt, il est depuis considéré comme l'un des écrivains les plus importants de sa génération, et ses livres sont traduits dans de nombreux pays.

En 2002, il a reçu le prix Femina étranger pour *Montedidio,* en 2013, le prix européen de Littérature et le prix Ulysse pour l'ensemble de son œuvre, en 2014, le prix Jean Monnet de littérature pour *Le tort du soldat,* en 2016, le prix du Livre européen pour *Le plus et le moins,* et en 2020, le prix André Malraux pour *Impossible.*

Souvent, en écoutant tel ou tel récit, je pensais « c'est impossible, cela n'a pas pu se passer » et puis un an ou deux après, c'était devenu vrai.

ISAAC BASHEVIS SINGER,
Gimpel le naïf.

Question. Reprenons du début de votre journée. Vous ne reconnaissez pas la personne de la photo que je vous ai montrée.

Réponse. Je ne la reconnais pas, j'oublie les visages, à plus forte raison des années plus tard. Je ne pourrai que répéter ce que j'ai déjà dit.

Q. Ce n'est pas sûr, vous pouvez ajouter quelque chose que vous n'avez pas dit avant.

R. Peut-être, mais il ne s'agit pas d'une conversation entre deux voyageurs dans un train. Je suis interrogé par un magistrat. Vous décidez des sujets, mais moi je décide si j'ai envie de livrer ou non un souvenir.

Q. Je comprends. Je vous demande tout de même de revenir sur votre journée.

R. Je me réveille tôt, vers 5 heures. J'attends 7 heures pour descendre dans la salle à manger et prendre mon petit déjeuner. Je remonte dans ma chambre, je me lave les dents, je sors, je prends ma voiture et je me dirige vers la montagne que j'ai décidé d'escalader. Je cherche des endroits difficiles, en dehors des sentiers battus, pour me sentir à l'écart du monde. Ce jour-là, j'ai choisi la vire du Bandiarac, en Val Badia. C'est un endroit escarpé et dangereux.

J'ai laissé ma voiture et j'ai emprunté le sentier obligatoire qui monte de la Capanna Alpina au col de Locia. À 7 h 30, il n'y a encore personne. J'ai été étonné de voir quelqu'un plus haut qui me précédait.

Q. Un homme ?

R. Oui, un homme. On peut avoir un curieux comportement en montagne. Si l'on sent quelqu'un derrière soi qui grimpe plus vite, on accélère pour ne pas se faire dépasser. C'est enfantin, mais fréquent. Il est évident que si l'autre est plus rapide, on sera rattrapé. Celui qui est devant force le rythme et devra bientôt ralentir ou s'arrêter pour reprendre son souffle. Il y a ceux qui font semblant de lacer leur chaussure, de regarder le panorama, de prendre une photo. S'il s'agit d'un couple, alors j'entends l'homme qui invite la femme à monter plus vite. Il le dit à haute voix, il tient à me faire savoir que, lui, grimperait beaucoup plus rapidement.

Quand c'est moi qui tombe sur quelqu'un de plus rapide, je ralentis et je lui cède le passage. Je n'aime pas avoir quelqu'un dans mon dos.

Q. Vous voyez? Cette remarque ne figurait pas dans votre précédent compte rendu. La présence de quelqu'un dans votre dos vous dérange. Vous préférez être derrière, suivre. C'est intéressant, continuez.

R. Je suis jusqu'au moment où je dois dépasser. Je n'ai pas rattrapé cet homme, il avait manifestement forcé le pas. C'est mieux ainsi, je préfère éviter. Quand je grimpe à un rythme soutenu, mon corps entre dans une sorte d'état de méditation, pendant que ma tête passe de pensées légères à d'autres plus solennelles, à des images, couplets de chansons, dialogues à distance. C'est un rythme intense et je n'ai pas envie de l'interrompre pour dépasser quelqu'un et saluer. Quand je grimpe, je ne fais pas de pause. S'il faut réduire l'allure, je ralentis mais je ne m'arrête pas.

Toujours est-il que je suis arrivé au bout du sentier au col de Locia où commence le haut plateau de Fanes sans avoir à dépasser qui que ce soit. De là-haut, on s'écarte du chemin de terre battue pour emprunter la vire du Bandiarac, au pied de la paroi verticale du Piz Conturines. C'était un endroit bien connu des braconniers d'autrefois. Voir cette personne devant moi qui se hâtait dans cette direction m'a agacé.

Q. Elle se hâtait?

R. Du col de Locia, il faut d'abord descendre dans une dépression, puis on recommence à monter. Cet homme devant moi courait en descente. J'ai continué dans la même direction à pas plus lents. Si cet homme voulait mettre de la distance entre nous, j'étais d'accord. Je ne l'ai plus vu pendant un moment, puis je l'ai retrouvé à nouveau au début du passage sur la vire. Il était à quelques centaines de mètres à vol d'oiseau.

Q. Vous l'avez revu combien de temps après ?

R. Pas plus de deux heures après. Il marchait craintivement.

Q. Craintivement, c'est-à-dire ?

R. Il s'appuyait à la paroi. Sur ce sol caillouteux il faut mettre tout le poids du corps sur le pied pour ne pas glisser. Mais, en s'appuyant à la paroi, cet homme compromettait son équilibre. C'est ce que fait celui qui ne se sent pas sûr de ses appuis.

Q. Je vois. Continuez.

R. Je n'ai plus pensé à lui. Le passage sur cette vire exige de la concentration, de regarder fixement par terre, un pas après l'autre. C'est comme si l'on essayait de ne pas faire de bruit, parce que le bruit est synonyme de cailloux qui glissent sous les pieds. Sur la vire du Bandiarac, il faut faire les bons pas à côté du précipice.

J'ai avancé ainsi encore une heure

environ. Je suis arrivé à un endroit qui était éboulé. Les pluies, l'accumulation de la neige de l'hiver passé balaient des portions du sentier, laissant une crevasse au milieu. Je ne pouvais pas continuer. Je devais rebrousser chemin. C'était sans regret, mon but est de marcher dans des endroits déserts et j'avais déjà obtenu ma part.

L'éboulement n'était pas récent, mais on voyait quelque chose au fond. J'ai pris mes jumelles et j'ai vu des vêtements au milieu des rochers. Impossible de descendre pour vérifier. J'ai appelé le 112 et j'ai fait le signalement. Puis j'ai attendu pour indiquer l'endroit à l'hélicoptère. Il est arrivé en vingt minutes.

Ensuite, je suis revenu sur mes pas. Et maintenant, depuis quelques jours, je répète cette journée pour la troisième fois.

Q. Vous n'étiez pas ensemble ?

R. Non. Je vais seul en montagne. De toute évidence, cet homme faisait la même chose.

Q. Vous n'avez pas entendu crier ? Une personne qui chute crie.

R. Je n'ai pas entendu crier, sinon je me serais dépêché pour essayer de porter secours.

Q. Qu'emportez-vous dans votre sac à dos ? Des jumelles, et quoi d'autre ?

R. Un bon bout de corde, des mousquetons, au cas où je devrais aider quelqu'un en difficulté. Une toile imperméable et une autre pour me réchauffer en cas de bivouac forcé. Je n'emporte ni à manger ni à boire.

Q. Pas de boussole ?

R. Je ne vais pas en mer.

Q. Vous avez appris plus tard à qui appartenait ce corps ?

R. Par le journal.

Q. Une étrange surprise, n'est-ce pas ? Vous vous trouviez sur le même sentier peu fréquenté, quarante ans après le procès.

R. Lui ou un autre, il se produit bien des accidents en montagne. J'ai échappé à plusieurs. C'est une question de chance.

Q. Des accidents. Décider si celui-ci en est bien un est du ressort de ma fonction. La coïncidence éveille les soupçons.

R. Coïncidence : une des innombrables qui se produisent autour de nous et que nous ne remarquons même pas. Mais, dans ce cas précis, le mot « coïncidence » ne vous suffit pas.

Q. Pour décider qu'il s'agit d'un accident je dois parvenir à exclure qu'il y ait eu une rencontre intentionnelle entre vous et cet homme qui fut autrefois un collaborateur de justice, qui a contribué à l'arrestation d'un bon nombre des vôtres, vous compris, et qui a purgé pour ça une longue détention.

R. Vous, vous êtes disposés à parler d'accidents du travail quand il s'agit en réalité d'homicides de travailleurs, poussés au-delà des limites de leur résistance et des conditions de sécurité. Vous qualifiez d'accidents les dizaines de milliers de blessés et le millier de morts dus au travail manuel chaque année en échange d'un salaire. Mais ici vous doutez du mot « accident » quand il se rapporte à une activité périlleuse, ludique, avec des risques pris délibérément, en toute conscience du danger encouru.

Ce sentier de la vire est difficile. Est-ce moi qui ai amené cet homme là-haut ? Est-ce moi qui l'ai porté sur mon dos pour le jeter dans le vide ? Ceux qui vont là tiennent compte du précipice.

Votre question devrait être : dans de telles conditions, qu'est-ce qui vous pousse à faire ça ?

La réponse est : personne. Nous n'avons pas de commanditaires. Ils sont inutiles, la montagne est un mobile suffisant. Drôle de jeu de mots, n'est-ce pas ? La montagne, immobile par nature, est un mobile. C'est exactement ça : elle attire à elle. Chacun a ses propres raisons d'y aller. La mienne est de tourner le dos à tout, de prendre de la distance. Je rejette le monde entier derrière moi. Je me déplace dans un espace vide et aussi dans un temps vide. Je vois comment était le monde sans nous, comment il sera après. Un endroit qui n'aura pas besoin qu'on le laisse en paix.

Là-haut je suis un étranger, sans invitation et sans bienvenue. Même la guerre d'il y a cent ans n'a pas marqué les montagnes. Les rochers détachés par les explosions ont roulé comme à toute autre époque, sans laisser de signature.

Un livre d'un alpiniste français a pour titre *Les conquérants de l'inutile*. Inutile : cet adjectif a une valeur pour moi. Dans la vie économique où tout repose sur la partie double donner/avoir, sur le profit et l'utile, aller en montagne, grimper, escalader, est un effort béni par l'inutile. Il n'est pas utile et ne cherche pas à l'être.

J'ai fait et je fais encore des métiers manuels en tant que salarié. Ils comportent des dangers obligatoires, eux aussi comptabilisés dans la fiche de paie sur la ligne des indemnités de risque. En montagne, je prends mes risques, libres de tâches imposées, ludiques et parfaitement inutiles.

Qu'est-ce qui nous pousse à faire ça? La beauté de la surface terrestre qui touche sa limite vers le haut avec l'air, comme le rivage avec la mer. Dépenser gratuitement mes énergies là-haut me récompense.

Pauvre de moi. Je me laisse transporter en parlant de montagne.

Q. Et vous me transportez moi aussi. Je ne connais pas ces endroits et je comprends mal ceux qui y vont. Je vous prie de continuer.

R. Vous croyez que je me suis laissé aller à raconter par lassitude, par une défaillance de mes défenses. Vous vous trompez. J'ai appris par mon corps que lorsque je suis fatigué je redouble d'attention et de lucidité. Mais je ne souhaite pas revenir sur cette journée.

Q. Nous progressons. Vous expliquez des choses intéressantes à un profane de la ville. Vous est-il déjà arrivé d'appeler le numéro d'urgence ?

R. Non, c'est la première fois.

Q. C'est la première fois que vous êtes témoin d'un accident en montagne ?

R. Tout seul, oui. Les autres fois, l'alerte avait déjà été donnée.

Q. Quel effet cela fait-il d'assister à un accident en montagne ?

R. On essaie tout de suite de comprendre comment ça s'est passé, s'il s'agit d'une erreur ou d'un cas de force majeure. On essaie de s'identifier. Puis viennent les commentaires, les discours sur la montagne qui tue. Mais il s'agit d'un milieu sauvage, indifférent à nous. Ce n'est pas un terrain de sport, un parc d'attractions. On y va sans laissez-passer. On avance sur un terrain où aucune expérience précédente ni aucun équipement ne garantissent de revenir sain et sauf.

Q. Et la peur? Je ne vous ai pas entendu en parler.

R. La peur est utile. C'est d'ailleurs une forme de respect et même de révérence due à l'immensité du lieu qu'on traverse. La crainte est le préliminaire de la concentration. Elle n'entrave pas les mouvements, elle en augmente la précision.

Il s'agit de peurs bien définies, qui ont des noms et des occasions. Elles demandent de la perspicacité et un esprit de décision.

Elles sont l'alarme du corps qui sait qu'il est en danger. Sur la vire du Bandiarac, les mains ne sont pas utiles, on monte et on descend le long de petites bandes d'un sentier à peine tracé par le passage de chamois, près de profonds ravins.

Mais je parle ici de choses qu'il faut éprouver, qui ne peuvent être transmises par une explication.

Et maintenant, ça a assez duré pour moi.

Q. Je vous demande de poursuivre votre récit.

R. Je vois. À moi, il me reste le choix de ne pas continuer.

Q. Vous voulez faire une pause ? Prendre un café ?

R. Non merci, je veux arrêter. Votre technique consistant à faire répéter jusqu'à épuisement a atteint son but, je suis épuisé.

Q. C'est votre décision. En ce qui me concerne, s'agissant d'un cas de suspicion d'homicide camouflé en accident, je dois vous placer en garde à vue.

R. Je suis en état d'arrestation ?

Q. Vous pouvez faire appel à un avocat de confiance ou il vous en sera désigné un d'office.

Ammoremio, *je pense à la photo de toi enfant que tu m'as envoyée à Noël. Un visage de petite coquine, ironique, décidée, un regard de défi relevé, droit dans l'objectif : ça m'a fait sourire et mon sourire ne s'effaçait plus de mon visage. Tu avais sept ans.*

J'ignore quand tu liras cette lettre. Pour le moment, je l'écris pour me tenir compagnie en pensant à nous deux ensemble.

La pièce qui m'accueille vingt-trois heures par jour s'appelle cellule d'isolement, mais elle ne m'isole pas du tout de toi et de ce qui compte pour moi. J'ai vécu dans des endroits plus inconfortables. J'ai du papier, un stylo et du temps. Je fais de la gymnastique, je répète mentalement ce que je sais, chansons, vers, proverbes.

Je ne sais pas ce que je fais ici, à quel point du Code on m'associe. J'ai droit à un avocat, mais je n'en veux pas et je n'en ai pas besoin. On m'en donnera forcément un, un malheureux qui ne pourra pas refuser. Avec moi, il devra en faire le moins possible, je me chargerai moi-même de ma défense. J'ai tort de parler de défense : je me chargerai de mon extranéité.

Le magistrat qui m'interroge a la moitié de mon âge, il ignore tout de la montagne et des histoires des années révolutionnaires. C'est moi qui devrais l'interroger.

Il n'est jamais allé en montagne et il essaie de comprendre ce que je vais y faire.

Je lui ai répondu qu'on y va pour rien qui sert à quelque chose. Car l'inutile est beau. Je sais que ce n'est pas une explication, mais avant de poser une question sur un sujet on devrait savoir de quoi on parle. Je ne demande pas à un pilote ce que c'est de voler, si je n'ai jamais pris l'avion.

Je garde la bonne partie de la réponse, que je te réserve. Je vais en montagne parce que c'est là-haut qu'est arrivé le bord de la terre. Sa frontière avec le ciel et l'univers se trouve là-haut, et alors en grimpant je peux aller jusqu'au point où il n'y a plus rien à escalader. Je suis la terre jusqu'à l'endroit où elle s'est élevée et continue encore à s'élever. Car les montagnes grandissent.

J'y vais par admiration pour les forces qui dépensent leur énergie démesurée là-haut. Cette année, j'ai traversé des avalanches qui ont effacé des routes, des forêts abattues par le vent, des versants tombés au fond de la vallée. Et, au milieu de ces effondrements, la vie animale existe et se reproduit.

Je croise des chamois qui grimpent en courant, en apesanteur, et plus bas, dans les bois, mon passage surprend une biche. C'est une créature dont la pure élégance est l'effet d'une intense surveillance des dangers environnants. Elle transforme sa vigilance en mouvements agiles et parfaits, sa fuite est une danse.

Je savoure chaque rencontre. Si elle s'arrêtait près de moi, je m'inclinerais et je lui ferais un baisepatte. C'est comique, mais je ne le dis pas pour plaisanter.

Elles ne vieillissent pas, je n'en ai vu aucune devenir toute chiffonnée, comme c'est le cas pour nous. Elles meurent précocement, avant de traîner leur vie exténuée, épuisée.

Je pense à nos journées ici en montagne, à tes réveils grognons qui me suivaient somnolents au petit déjeuner de 7 heures. Tu te ranimais tout de suite en bavardant avec Erika. Je faisais cuire deux œufs durs pour toi. Puis nous partions pour notre ascension et tu t'arrêtais pour photographier des nuages, des fleurs, des étangs.

Avec toi, j'ai appris le mot « amour » et les jours œufs de Pâques, chacun avec une surprise à l'intérieur.

J'avais déjà été amoureux avant de te connaître, mais jamais longtemps. Je cessais de l'être aux premières contradictions.

Avec toi, j'ai appris l'amour qui maintient sa prise et sa durée au-delà des disputes, des différends, des défauts, jusqu'à les aimer aussi. C'est l'amour pour ton air contrarié, tes explosions et le retour des sourires ensuite.

C'est comme en montagne, toutes les expressions me plaisent, même la pluie, la saucée prise en grimpant qui ne refroidit pas le corps et n'a pas besoin d'abri.

Aussi ai-je décidé que ma définition du mot « amour » était : toi.

Je t'appelle ammoremio *ou bien* ammoremì.

Tu dis que ça devrait être plus que ça, que je dois t'aimer encore plus. Je ne sais pas ce qu'est ce plus, en quoi il consiste.

Je reconnais que je suis médiocre avec toi.

À l'école aussi j'étudiais, je m'appliquais, mais mes notes restaient au-dessous de la moyenne. Ma spécialité était le 5/10. Mais face au professeur qui m'interrogeait j'en disais moins que je ne savais et j'en étais conscient. C'était une réticence ou une opposition : je ne voulais pas partager, je conservais pour moi une partie de la réponse attendue. Mais avec toi, je la verse entièrement et je sais donc qu'elle ne te suffit pas.

Avec ce magistrat, je me retrouve face à un interrogatoire du temps où j'étais écolier. Les âges sont inversés : moi je suis un vieil élève redoublant, lui un jeune remplaçant qui en sait moins que moi sur le sujet. Avec lui, je retourne à mes réticences.

Avec toi, je fais de mon mieux et je vois que ça ne suffit pas. Je m'écarte du sujet. Je n'arrive pas à parler d'amour plus de cinq minutes. C'est pour ça que tu protestes et moi je souris comme au début de cette lettre. Je l'achève avec la pensée de ton reproche boudeur.

Ammoremio, *une autre lettre, puisque je dois rester ici. On s'imagine que l'isolement est silencieux. En fait le couloir des autres cellules est plein de vacarme, il résonne de cris et de bruits de ferraille en tout genre.*

Ce soir, j'imagine que je suis dans un bateau à voiles, en pleine mer. Les journées de lumière se raccourcissent, l'air se rafraîchit, il fait route vers le nord. Il y a des jours sans vent, à l'arrêt en latitude et en longitude, des jours épinglés par un collectionneur de papillons. Je les ai connus quand j'ai eu l'âge du purgatoire. Aujourd'hui, c'était un de ces jours-là. J'ai refusé de sortir à l'heure de la promenade. Je suis resté dans ma cabine à regarder les cartes tracées au plafond.

J'ignore tout de ce voyage, je ne sais ni où ni quand aura lieu l'accostage sur la terre ferme. Ce qui compte pour moi c'est que les jours aient un sens, avec une proue qui glisse lentement en avant en compagnie du temps. Je ne regarde pas à travers le hublot la mer basse, illimitée, rien à voir, à mesurer.

Et je repense aux années passées enfermé dans des cellules avec des prisonniers qui s'efforçaient de les transformer en studios. Puis les perquisitions jetaient tout par terre et en refaisaient des cellules. Mieux vaut l'isolement où il n'y a rien à ramasser ni à remettre en ordre. Là-dedans, on oublie qu'on est un corps dans le monde.

Là-dedans, il y a un tas de raisons pour cesser de croire en quelque chose. Alors je m'en sors en cessant de croire à la cellule.

Le magistrat m'a fait savoir qu'il ne me convoquerait pas. C'est aimable de sa part, il pouvait me faire attendre. Mais moi je n'attends rien, moi je suis ici et c'est tout et j'essaie de m'habituer. L'objectif n'est pas la liberté, mais de dépasser la première semaine. Une fois franchi ce cap, peu importe combien d'autres. Comme à l'usine, au début, les machines tournent et un ouvrier doit se placer dans l'engrenage jusqu'à ne plus y prêter attention. Ici, à certains moments de la journée, j'oublie où je me trouve. C'est le premier signe d'adaptation.

Le magistrat est du Sud, lui aussi, mais son accent ne me dit pas d'où. Il peut être des Abruzzes ou du Molise. C'est un grand échalas brun, il me fixe avec les yeux tristes et pénétrants des photos des grands-parents d'autrefois. Je lui rends son regard, c'est le seul moment d'égalité qui m'est permis, à moi, l'accusé. Quand il voit que je l'observe moi aussi, il se met à feuilleter son dossier. Il a les paupières rouges, des sourcils épais comme une bonne paire de moustaches. Il porte des lunettes, les retire souvent, il montre qu'il écoute avec plaisir. Il préfère m'encourager, me donner de la corde. S'il croit que je me pendrai tout seul avec ma propre corde, il perd son temps. S'il croit qu'en parlant je vais trébucher sur une contradiction, il se trompe de personne. Je ne peux pas trébucher, car en montagne si on trébuche, c'est la chute.

Il me soupçonne d'avoir jeté cet homme du haut de la vire. Pour toi, peu importe que je sois coupable ou non. Tu m'as voulu tel que j'étais, tu ne t'es pas souciée de mon passé. Tu ne m'as rien demandé sur cette époque d'affrontements et de colères publiques. Je te suis reconnaissant de ta volonté : de faire que le passé commence avec nous deux. Celui que j'étais avant t'importe peu. Tu ne me quitterais pas si j'étais déclaré coupable. Nous en avons parlé un jour, de façon abstraite. Si je devais aller en prison tu ne viendrais pas me voir et tu ne m'écrirais pas, mais tu m'attendrais. Nous nous sommes même serré la main pour sceller notre pacte.

Pour toi, il n'y a que nous deux qui comptons. Le reste du monde est si flou qu'il faut mettre des lunettes pour le voir. Tu vis loin, là-bas au-delà des méridiens, mais je suis habitué à te parler comme ça aussi. Là-dedans, je parle à haute voix avec moi-même pour te faire savoir ce que je fais et ce qui me passe par la tête.

Pour moi, la liberté n'est pas de pouvoir aller me promener, mais de garder ensemble les mots pour toi et leurs conséquences. Je te dis que je t'aime et je le fais continuellement. La liberté c'est de nous garder ensemble même là-dedans. Aucune cellule ne peut m'enlever cette liberté.

Je n'ai rien contre ce magistrat. Avec moi, il tente un dialogue à la Socrate, il veut être l'accoucheur de la vérité. Réminiscences scolaires : l'art de la maïeutique.

S'il cherche une vérité nichée en moi, s'il croit la porter à la lumière comme un nouveau-né, il s'apercevra fatalement que je ne suis pas enceint.

Avec cette boutade de mauvaise qualité je termine cette lettre, à la prochaine, ammoremì.

Q. Reprenons l'interrogatoire en présence de l'avocat de la défense commis d'office, puisque vous n'en avez pas désigné un de confiance.

Vous connaissiez l'homme tombé de la vire du Bandiarac, car c'est lui, le collaborateur de justice qui vous a dénoncé il y a pas mal d'années.

R. Je n'accepte pas le sens de collaborateur de justice.

Q. Quelle est votre définition?

R. Une personne qui dénonce ses propres camarades dans le but d'obtenir une réduction de peine, une remise en liberté, pour moi c'est quelqu'un qui trahit.

Q. Et s'il s'agissait en fait de

repentance active? Il ne partageait plus la ligne politique de l'organisation. Il s'est livré lui-même au terme d'une démarche d'autocritique.

La dénonciation de ses propres camarades devenait un acte libératoire qui pouvait même offrir une solution à ceux qui étaient encore dans l'impasse. J'ai rencontré des personnes de votre organisation qui ont reconnu que leur arrestation les avait sauvées du pire. Cette démarche ne vous semble pas plus humaine et plus complexe que le simple verbe « trahir » ?

R. Celui qui dénonce ses propres camarades reste enfermé dans le verbe trahir. Ce que vous appelez repentance est une abjuration, un reniement encouragé par différents avantages, du programme de protection au changement de nom, à la remise en liberté.

La repentance est du domaine de l'intime et ne fait pas commerce de soi-même. Elle concerne la conscience de celui qui passe par là et non les documents judiciaires.

Vous pensez bien que j'ai eu le temps de réfléchir sur le sujet avant vous et davantage.

Q. Vous restez un irréductible.

R. Irréductible à quoi ? Parce que je n'abjure rien et que je ne me frappe pas la poitrine comme un pénitent ? C'est le pénitencier qui s'est chargé de me la frapper et de me réduire à la condition de détenu pour un paquet d'années. J'ai payé ma dette sans aucune remise. C'est la peine assignée qui a été irréductible, pas même d'un seul jour.

Je refuse votre définition qui prétend juger l'opinion que j'ai de ma lutte politique.

Q. Dans le langage courant, l'irréductible est celui qui s'entête à tenir pour légitime le crime commis. C'est un synonyme d'irrécupérable, si vous préférez.

R. C'est un langage qui vous appartient, vous à qui la condamnation purgée ne suffit jamais. La peine sert à payer sa dette et à être quitte avec l'État, mais vous, vous voulez faire des créanciers à vie. C'est vous qui êtes irréductibles, vous qui continuez au-delà des barreaux à exiger des désaveux de nos vies.

Q. Elle est bonne celle-là, de nouveau vous inversez les choses. Vous ne le faites plus avec les armes, mais avec les mots.

Je vois que vous êtes resté fixé sur votre passé, dans une totale absence d'autocritique.

R. Les discussions et les critiques sur le passé ont eu lieu entre nous autres de ce temps-là. Elles ont produit des livres et des documents. Dans ce contexte, entre vous qui accusez et moi qui repousse les accusations, l'autocritique est déplacée. Une autocritique serait ici un mea culpa et une demande de circonstances atténuantes. Entre vous et moi, il n'y a rien à atténuer. Vous me gardez en prison et moi je m'y adapte. En outre, vous n'êtes pas en âge d'avoir assisté à ce qui s'est passé à l'époque et je ne vous tiens pas pour un interlocuteur légitime sur les événements de ces années-là.

Avocat de la défense. En tant qu'avocat chargé de votre défense, je vous conseille d'observer un ton plus réservé et de rester dans le cadre des arguments contestés. Essayons de démonter l'accusation sur la base des conclusions circonstancielles.

R. Merci, mais vous n'êtes pas mon avocat, je n'en ai pas besoin. Vous êtes ici pour respecter la procédure. Je vous demande de ne pas intervenir.

A. D. Vous me demandez de renoncer à ma fonction.

R. En ce qui me concerne, oui.

Q. Vous en discuterez ailleurs. Reprenons.
Parce qu'une autocritique de votre parcours constituerait une demande de circonstances atténuantes ?

R. C'est le cas de la parabole du fils prodigue qui revient repenti pour être de nouveau admis dans sa famille. Je suis devant vous en tant qu'inculpé et non en tant que pénitent. Je garde pour moi les autocritiques.

Q. Il est vrai que je n'ai pas vécu ces années-là, mais je me suis documenté sur les procès. Vous considérez encore cet homme comme votre ennemi ?

R. Prendre connaissance des événements d'une époque à travers les documents judiciaires c'est comme étudier les étoiles en regardant leur reflet dans un étang.

Vous employez le mot ennemi. Il y a eu une époque, dans ce pays, où ma génération politique a été traitée comme une ennemie publique. Des magistrats se consacraient entièrement à notre répression. Ils employaient tranquillement le terme de lutte. Ils s'asseyaient sur la chaise des juges en continuant à être des ennemis. Il n'est question d'aucune inimitié personnelle ici. Il en a existé une publique et elle nous concernait tous.

Q. Je vous demande de nouveau si cette personne tombée de la vire du Bandiarac était votre ennemie.

R. Cette époque est passée depuis des dizaines d'années, les conséquences pénales sont passées et pour moi les sentiments d'hostilité sont morts. Je reste intransigeant dans mes affections et en politique, mais je n'ai plus d'ennemis. Le temps des ennemis s'est terminé au siècle dernier.

Q. Que pensez-vous alors de l'homme qui vous a dénoncé ?

R. C'est un étranger, quelqu'un qui s'est retiré d'une communauté. Il y a belle lurette que je n'ai plus entendu parler de lui.

Q. Que pensez-vous du hasard qui vous a placés sur le même chemin, le même jour et à la même heure ?

R. C'est une coïncidence.

Q. Définition incomplète pour moi : coïncidence volontaire ou fortuite ? Pour moi qui suis chargé de l'enquête, la coïncidence est un indice. Si on lui attribuait la valeur numérique d'une probabilité, on aurait le chiffre zéro suivi d'une virgule et d'autres zéros. C'est pourquoi je cherche une autre explication. Que vous vous soyez trouvés là tous les deux par hasard est tellement improbable que cela en devient impossible.

R. Impossible c'est la définition d'un événement jusqu'au moment où il se produit. Vous aurez beau mettre tous les zéros que vous voulez, la statistique et vous ne pouvez nier les coïncidences. Elles existent en dépit des zéros. Quantité de découvertes en ont été la conséquence, et aussi quantité de désastres. Une personne passe sur un pont au moment où il s'écroule. Tant d'autres y sont passées juste avant. Les coïncidences sont une constante, elles n'ont rien de rare. Que nous nous soyons trouvés, cet homme et moi, à quelques centaines de mètres de distance, au même moment, dans cet endroit désert est pour moi un hasard évident et inexorable. En tant que personne présente sur place, je sais que votre impossible s'est produit.

Q. Nous reviendrons sur la centaine de mètres de distance. Nous ne parlons pas ici de la rencontre fortuite de deux hommes. Nous parlons de la suite de cette rencontre, du fait que l'un de vous deux est tombé dans le vide.

R. Rencontre? Je démens qu'une rencontre ait eu lieu. J'ai vu un homme de loin. J'ai constaté qu'il était tombé. J'ai téléphoné au 112. C'est comme ça que vous êtes au courant de ma présence. Si j'avais passé mon chemin, évité de donner l'alerte, je ne serais pas ici à être obligé d'en parler. Mais en montagne on doit s'entraider. Il pouvait être encore en vie et une intervention pouvait le sauver à temps. J'ai fait mon devoir et ça s'est transformé en acte d'accusation.

Q. Votre coup de fil peut être aussi interprété différemment. Une fois le corps identifié et le passé de l'homme révélé, nous aurions pour le moins vérifié la liste des clients dans les lieux d'hébergement de la vallée. Nous aurions trouvé votre nom. En téléphonant, vous avez cherché à vous mettre à l'abri des soupçons. De plus, vous savez que vous êtes facile à repérer. Vous êtes peut-être le seul à aller en montagne avec des sandales. Un témoin aurait pu se rappeler vous avoir vu ce jour-là et à cette heure-là sur le sentier qui mène au col de Locia. À propos, pourquoi marchez-vous avec des sandales?

R. Quelle importance?

Q. Je crois que ça en a.

R. Très bien. Ce ne sont pas des sandales de plage. Ce sont des chaussures techniques qui tiennent bien le pied. J'ai commencé à en porter parce que dans les chaussures fermées je perdais mes ongles en descente. Avec les sandales ça ne m'arrive plus. Elles ont aussi l'avantage de renforcer le pied et d'éviter les entorses. Sur les passages rocheux, je serre les sangles réglables et je peux aussi escalader.

Q. Et on ne glisse pas avec?

R. Ça dépend seulement de la façon dont on pose le pied sur les pentes raides.

Q. Je ne comprends pas grand-chose. Revenons à votre coup de fil au 112. Pourquoi l'appeler? Pour vous manifester spontanément avant d'être identifié et interrogé. Et puis comme un nouveau défi : pour faire savoir que vous étiez là. Votre présence déclarée est une sorte de revendication, déguisée en accident.

Permettez-moi de vous citer un vers de *Phèdre* de Racine :

Ma vengeance est perdue
s'il ignore en mourant
que c'est moi qui le tue.

Vous avez voulu le faire savoir à lui comme à nous. Vous avez joué sur plusieurs tableaux par ce coup de fil.

R. Vous admettez que vous ne connaissez rien à la montagne. Si cet homme courait un danger, je lui aurais porté secours même en sachant qui il était. C'est ainsi qu'on fait et qu'on doit faire. Il n'existe pas d'amis et d'ennemis quand il faut porter secours. Vous ne savez même pas comment est fait cet endroit.

Q. Je m'informerai sur la possibilité d'effectuer une reconnaissance. Aujourd'hui, il existe des moyens qui permettent de faire des relevés à distance, nous utiliserons un drone.

R. Ça suffira pour un examen sur un petit écran. Mais vous ne saurez pas comment on se sent à cet endroit. C'est comme ça que se font les enquêtes maintenant, avec les caméras de surveillance, avec l'ADN. Mais on a perdu l'habitude de chercher la vérité des faits sur le terrain. Prenez donc un drone pour l'envoyer au sommet de l'Everest, mais ne dites pas que ça vous suffit et que vous n'avez pas besoin d'aller sur place.

Q. Et à votre époque comment se faisaient les enquêtes? On utilisait les empreintes digitales.

R. À mon époque, vous vous contentiez du baratin d'un traître et vous arrêtiez en masse sans vous soucier d'aucune vérification.

Q. Laissons ça de côté. Je fais l'effort de vous croire : face à l'urgence, l'instinct de porter secours se déclenche. Mais là, il n'y a aucune urgence. Vous êtes deux sur cette vire friable, c'est comme ça qu'on dit ? Et l'un des deux jette l'autre dans le vide après l'avoir suivi et rejoint. S'il y a eu affrontement, la trace s'efface toute seule avec le vent.

À ce stade, la seule explication de ce que vous définissez coïncidence est un homicide prémédité. Le mobile existe et j'ai l'intention de le prouver. Profitez de votre avocat commis d'office qui est un professionnel capable et consciencieux.

R. Je n'en ai pas besoin, il s'agit d'une affaire entre vous, représentant de l'État, et moi. Je suis vieux et j'en ai déjà vu pas mal. Cette situation ne m'inquiète pas. Je n'ai ni femme ni enfants qui m'attendent à la maison pour rougir d'un proche inculpé d'homicide.

Que ce soit un homme âgé qui vous le dise va vous sembler bizarre : moi j'ai plus de temps que vous. Non seulement celui déjà passé, mais celui d'à présent. J'ai du temps à revendre dans cette cellule. Je l'utilise pour vous devancer. Vous progressez péniblement comme si vous étiez forcé de me suivre en montagne. Allons au tribunal, au procès. C'est le bon endroit pour un citoyen qui se confronte à l'État. Ici, nous sommes encore dans les vestiaires.

Vous pouvez m'enlever un peu de liberté de mouvement, mais pas la liberté qui est dans mes raisons et mes convictions.

Q. Je ne dirais pas qu'il s'agit d'une affaire entre vous et moi. Il n'y a rien de personnel. Je représente le Ministère public et je mène ces interrogatoires pour des raisons administratives.

R. Je le sais, mais pour moi vous êtes l'État, et j'affronte ici une affaire personnelle, un tête-à-tête avec les institutions. Et cet avocat que vous avez nommé pour ma défense...

Q. Ne confondez pas les administrations. L'avocat a été nommé par le parquet.

R. Si cet avocat peut m'être un tant soit peu utile, qu'il présente une demande de libération provisoire.

A. D. J'étudierai cette possibilité.

Ammoremio, *je vais bien et même la nourriture d'hôpital est adaptée à ce lieu clos. Je bavarde continuellement avec toi, plus que lorsque nous sommes ensemble et que tu me reproches d'être silencieux. Tu serais étonnée de me voir si bavard là-dedans.*

Un jour, j'ai lu une remarque spirituelle d'une écrivaine américaine qui reconnaissait qu'elle se parlait à elle-même, en expliquant qu'elle appréciait une bonne auditrice avec qui mener une conversation intelligente. Ce n'est pas vraiment le cas ici, je te décris n'importe quoi, des cafards jusqu'aux verrous.

En attendant, mon ouïe s'est développée. Justement, à propos de cafards, je les entends courir la nuit comme des buffles dans une prairie. Les silences profonds permettent à l'oreille de s'ouvrir à la recherche de bruits. J'entends la petite cuillère tourner dans la tasse du gardien de nuit au-delà du couloir et des portes.

Dès que repart le vacarme des voix et des ferrailles un obturateur se déclenche dans l'oreille et je redeviens sourd.

Là-dedans, on dépend de l'ouïe, les autres sens restent en retrait.

C'est à peine si je vois sur ma peau que l'air change de densité et de température quand tu viens me rejoindre. Mon pouls devient le deuxième centre de mon battement cardiaque, je mets mon pouce dessus et je sens qu'il frétille à ton arrivée.

À la maison, chaque réveil requiert un effort de mémoire, les premières secondes je ne sais pas où je me trouve. Ici en revanche je sais aussitôt où je suis. Les années de prison m'ont dressé à être vigilant dès mon réveil. J'ai mis longtemps à me réhabituer à dormir à l'extérieur. Maintenant que je me trouve dans une cellule, j'ai repris cette habitude.

Quand je me réveille près de toi aussi, je sais tout de suite où je me trouve parce que je dois faire attention à ton sommeil. Il paraît que le cerveau ne dort pas complètement. Une partie décide s'il faut se tenir prêt ou non.

Je sais que tu es en train de protester : alors je me réveille près de toi de la même manière qu'en prison ? Oui, mais près de toi, en plus de savoir où je me trouve, je suis heureux. Et je me lève tout doucement, en silence. Là-dedans, en revanche, je fais tout de suite un bruit, aussi pour prévenir les petites bêtes que je mets les pieds par terre.

Ces jours-ci, le sirocco frappe contre tous les barrages. Cette nuit, j'ai entendu les tourbillons de poussière frotter contre les murs. J'ai eu d'étranges pensées : dans quel sens tournaient-ils, horaire ou antihoraire ? Tu sais que les cyclones changent de sens d'un hémisphère à l'autre ? Je ne me rappelle pas comment ils tournent dans le nôtre.

J'essayais de comprendre d'après le frottement. D'étranges pensées mais vaillantes : elles me tiennent compagnie et m'amusent. Quand elles s'arrêtent, j'en souris.

Le dialogue avec le jeune magistrat avance bien. Il cherche des preuves avec un drone, il joue avec ça et avec l'hypothèse qu'il veut démontrer. Moi, je suis son adversaire.

Il m'a cité un vers de Racine que je connais bien, à propos de la vengeance. Il essaie de m'impressionner avec sa culture parce qu'il sait que je ne suis pas allé à l'université. Mais j'ai sûrement lu plus que lui.

Là-dedans, je découvre que j'ai du temps utile à revendre. Je t'ai dit un jour que je ne m'étais jamais ennuyé une seule minute dans ma vie. L'ennui est un gaspillage que j'ignore. Un écrivain en avait fait le sujet d'un de ses romans. Je ne l'ai pas lu, même pas par curiosité de savoir ce que c'est.

Tu me demandes comment je passe le temps. Ne ris pas si je dis : débordé. Par quoi ? À part les exercices physiques que je rends difficiles, je fais des jeux d'énigmes.

J'aime bien les palindromes, ces phrases qui peuvent se lire aussi à l'envers. J'en ai trouvé une antimilitariste : non à ce canon. Un de ceux qui bombardent les villes, les maisons, les jardins, lâchetés de la guerre moderne.

J'essaie d'inventer des anagrammes. Il y en a une

qui me concerne directement : séparés. Son anagramme est : espéras.

La prison incite à la concentration et le soir je suis fatigué. La prison incite à la concentration : je viens même de faire une rime.

Dans le répertoire de poèmes que je connais par cœur et que je me répète, l'un d'eux me tient compagnie et m'a fait retrouver un souvenir. J'étais invité à la table familiale d'une fille dont j'étais amoureux. C'était au temps du lycée.

Son père m'observait l'air un peu méfiant, mais gentiment, avec un léger sourire ironique. Il me questionna sur mes études, je me plaignis qu'on nous accablait de vers à apprendre par cœur. Je ne pouvais imaginer à quel point ils me seraient utiles en prison.

Il voulut savoir lesquels, par exemple. Dante bien sûr, les chants de la Comédie, *divers poèmes, alors il voulut me mettre à l'épreuve, savoir si c'était vrai. Je sentis ma mémoire me lâcher à cause du brusque silence qui se fit autour de moi. J'aurais voulu dire le chant du récit d'Ulysse, mais ce fut le sonnet à Béatrice de la* Vita Nuova *qui me vint. En classe, nous nous en moquions parce qu'il était trop mièvre pour nos sens de garçons imberbes.*

Je dus le faire passer du ton burlesque au ton solennel. La fille dont j'étais amoureux me fixait, comme le reste de la tablée. J'aurais dû lui rendre son regard et lui dédier les phrases composées pour Béatrice. Mais je regardai droit dans les yeux son père qui était en face de moi. Je m'éclaircis la voix et je détachai bien les syllabes. Je prononçai avec rage le dernier mot, « soupire », l'interprétant comme une condamnation à désirer en vain l'amour, sans espoir d'être aimé de retour.

« Soupire » : ces jours derniers, je me le répète souvent et je suis content de ne l'avoir dédié à aucune autre avant toi. J'ai appris à dire les dernières syllabes comme il faut.

Je dors à poings fermés, même si maintenant la nuit il y a un drogué en sevrage dans une cellule au bout du couloir de l'isolement. Tandis que ce pauvre bougre s'égosille jusqu'aux râles, des pensées de toi me parviennent comme des lettres.

Quand nous sommes allés admirer des poissons dans un aquarium, quand nous avons fait un voyage pour voir des dauphins et que nous les avons finalement croisés près de chez toi.

Les films vus sur ton écran géant, dans le canapé avec un verre de bière fraîche.

Quand nous jouons à la scopa et que tu boudes quand tu perds et que tu fais l'effrontée quand tu gagnes.

Ta blague quand je conduis en marche arrière et que tu tapes du poing sur la portière pour me faire croire que j'ai heurté quelque chose.

Nos journées où tout est bon, rien à jeter, comme dans le cochon.

Quand je fais des exercices avec le cou en tournant la tête à droite et à gauche et que tu me demandes si je t'aime. Je dis oui, alors que ma tête fait signe que non, et tu me dis : « Décide-toi. »

Là-dedans tu es partout. Je ne t'imaginais pas aussi constante. Certes, c'est moi qui pense à toi, mais c'est toi qui deviens réalité et qui veilles sur moi par ta présence jusqu'au moment où je m'endors.

Là-dedans avec toi je ne sais plus ce qu'est le lointain.

Je vois le bois derrière la maison d'Erika, c'est le petit matin, le soleil se glisse entre les aiguilles de pin, les gouttes brillent et tremblent même. Je me mets debout devant le mur et je commence ma gymnastique. Je continue une heure durant, je m'arrête deux heures et je reprends encore une heure. Par moments, la drôle d'idée d'un infarctus m'effleure pendant que je m'entraîne là-dedans. Mais mon cœur continue à pousser mon sang en se faisant entendre dans mes oreilles et sa cantilène rassurante me dit non. Il doit au moins arriver au terme de ces dialogues avec l'État. Mon cœur et moi sommes curieux de savoir comment ça finira.

*Entre-temps cette lettre se termine, bonne journée à l'*ammoremio.

Q. Reprenons les questions restées en suspens. L'avocat de la défense est présent. Comment allez-vous ?

R. Moi, bien, mais pas le jeune en manque dans la cellule d'à côté. On ne lui donne pas un seul médicament et il fait du boucan la nuit.

Q. Il est en isolement parce que au quartier central on le passerait à tabac pour le faire taire.

R. Une délicate attention de votre part : il fait abstinence tout seul et, s'il ne se tue pas avant, il survivra.

Q. Laissons ça de côté. Avez-vous réfléchi à votre position, à l'extraordinaire coïncidence qui vous a placés tous les deux sur ce sentier ? Avez-vous repensé au côté invraisemblable de la chose? Vous persistez à parler de hasard?

R. Je n'ai pas d'autre explication. J'ajoute que je n'ai pas l'intention de payer l'avocat commis d'office. Il n'a même pas fait de demande de mise en liberté provisoire.

A. D. Inutile pour le moment, elle aurait été rejetée.

Q. Nous avons un témoin qui vous a vu ce matin-là vous engager sur le sentier qui monte de la Capanna Alpina au col de Locia. Il se souvient de vos sandales et de votre silhouette mince. Il se souvient aussi que vous n'aviez pas de bâtons de marche. Vous ne vous en servez jamais, ou vous n'avez pas voulu les prendre juste ce jour-là?

R. Je ne m'en sers pas. Le corps qui s'appuie en avant prend une fausse position en montée. Votre témoin ne fait que confirmer ce que j'ai dit et que vous savez déjà. J'étais sur ce sentier et après sur la vire.

Q. Nous avons besoin de recoupements

indépendants de votre version. Vous saviez que vous suiviez cette personne ?

R. Je savais que j'avais devant moi quelqu'un qui me précédait.

Q. En fait, vous suiviez.

R. En fait, non, en fait il y avait quelqu'un plus loin devant moi sur un bout du passage obligatoire. Je vais en montagne pour être seul.

Q. L'autopsie et une recherche sur les vêtements de la victime sont en cours. Si l'on y trouve des traces que vous auriez laissées, il faudra vous décider à me dire ce qui s'est passé. Ne vaudrait-il pas mieux que vous anticipiez les résultats, allégeant ainsi votre cas ? En collaborant et en reconnaissant une altercation, vous bénéficieriez de certains avantages. De plus, vous vous soulageriez d'un poids qui pèse sûrement sur votre conscience.

R. Je deviendrais le dénonciateur de moi-même, une expérience nouvelle.

A. D. Je me sens dans l'obligation d'ajouter qu'effectivement la situation procédurale s'améliore nettement si la reconnaissance de responsabilité précède les conclusions scientifiques.

R. Je n'ai pas besoin de vos conseils. Pour moi, vous restez un intrus dans ce débat. Je vous demande de ne pas intervenir.

Q. Comment êtes-vous parvenu à le faire chuter? Vous étiez en équilibre précaire et vous pouviez tomber vous aussi.

R. Expliquez-le-moi, puisque vous pensez déjà le savoir. Je ne sais pas comment il est tombé. Je sais que cette vire est étroite, friable et exposée.

Q. Je crois le savoir, mais il m'est utile de connaître votre version pour l'intégrer ou la réfuter. Vous talonniez cet homme, vous l'avez rejoint et vous lui avez causé une frayeur fatale?

R. Je ne vous suis pas dans vos divagations. Vous avez besoin que je sois coupable? Parlons-en au tribunal.

A. D. Je vous conseille de réfléchir du moins au ton de vos réponses.

R. Vous êtes trop jeune pour me donner des conseils. J'ai derrière moi trop de vie passée face aux précipices pour me soucier de ce petit balcon de premier étage.

A. D. Vous êtes prévenu contre moi, vous pensez que je suis du côté de l'accusation. Il est de mon devoir d'être de votre côté.

R. Allez-vous-en. J'y penserai moi-même à mon côté.

Q. Nous reprendrons cette conversation quand nous disposerons des conclusions scientifiques. En attendant, vous restez à la disposition des autorités judiciaires.

R. Toujours aucune demande de mise en liberté provisoire de la part de mon prétendu défenseur? Je sais que le maintien en détention intervient en cas de risque de renouvellement du délit, de falsification de preuves ou de fuite.

A. D. Vous êtes bien renseigné. Le juge peut se contenter du risque de fuite pour vous garder, au vu de votre jeunesse mouvementée.

R. Félicitations. Vous anticipez les raisons de rejet d'une requête que vous n'avez pas faite et que vous n'avez pas l'intention de faire.

A. D. Vous pouvez toujours désigner un défenseur de confiance et me révoquer.

Q. L'interrogatoire est suspendu.

Ammoremio, *me voici revenu dans l'intimité des mètres verrouillés. Dehors il pleut, je le sais par le ruissellement dans la gouttière. Tu n'as pas fait de latin, moi si. Il existe deux verbes qui signifient demander, l'un sert à demander pour savoir, l'autre à demander pour obtenir.*

Quand le magistrat insistait avec ses questions, il disait qu'il voulait savoir la vérité. Ce n'est pas vrai. Il interroge pour obtenir une confirmation de ce qu'il croit déjà savoir. Il n'utilise pas le verbe de la curiosité de celui qui veut s'informer ou connaître une vérité. Il n'en a pas besoin.

Pendant qu'il m'interrogeait, je me suis souvenu des deux verbes latins.

L'avocat d'office faisait semblant d'être de mon côté, alors qu'en fait il était proche de l'accusation. Il ne veut même pas présenter une demande de liberté provisoire.

Ils veulent que j'avoue avoir suivi ce type et l'avoir jeté dans le vide. Si tu avais entendu l'avocat d'office me vanter les mérites de la confession. Tu aurais cru assister à une pièce de théâtre. Ils n'ont pas de preuves et c'est de moi qu'ils veulent les obtenir.

Dehors, les jours vont vers l'automne et je sens un ralentissement dans mon corps. Nous avons un climat affectueux qui nous fait entrer graduellement dans l'hiver et dans une lumière plus faible. Le premier lainage mettra mon corps sous isolation.

En attendant, nous nous aimons vraiment beaucoup depuis dix ans. Pour moi tu es toujours la femme à qui j'ai porté la valise le premier jour, quand il y a eu ce « tu » droit et léger, sans passer par l'hypocrite « vous ».

Évoquer la première fois me fait penser à la deuxième. Elle a été la confirmation de notre rencontre, l'intention de se chercher pour continuer. Dès lors, nous n'avons connu que des deuxièmes fois, progressant en intimité.

Tu ne supportes pas les chatouilles et je te les épargne. L'hiver, tu as les pieds froids et je te les réchauffe. L'été, je suis ton protecteur contre les moustiques, je les empêche de t'approcher. Tu souris quand je regarde tes bras et tes jambes pour chasser l'intrus. En échange, tu es ma conseillère en épices, en chaussures, tu me coupes les poils des oreilles. L'affaire conclue entre nous tient à ces prévenances. L'élégance n'est pas dans la garde-robe, mais dans les attentions de deux êtres qui vivent ensemble.

Nous en sommes aux deuxièmes fois, que nous ne comptons plus.

Je regarde mes mains qui ne sont bonnes à rien, vides sans outils.

Je pense aux tiennes sans vernis à ongles, bonnes

à tout, de l'aiguille au marteau. Tu aimes les fèves et tu en plantes, ton jardin est jaune de citrons, sans la moindre mauvaise herbe. Tu ne jettes pas les noyaux des fruits, des olives, les tomates abîmées, tu les donnes à la terre, à l'occasion qui les fera se reproduire. Ce sont des choses que tu fais bien, naturellement, sans avoir besoin de réfléchir. Je pense que c'est ma faute si je t'ai retenue tout ce temps. Si une ride s'est formée, si tu t'es négligée, c'est ma faute. C'est ma faute ton temps que je ne sais pas arrêter alors qu'ici je suis dans un temps arrêté, mais incapable d'arrêter l'écoulement du tien. Est-ce un jeu de mots ? Pour moi c'est un élancement au milieu du front. C'est ma faute si je t'ai gardée si longtemps. Et, circonstance aggravante, j'ajoute que ça ne me suffit pas et que je veux rester avec toi le reste du temps.

Bien sûr, tu étais et tu restes libre de te détacher, mais tu as insisté pour me garder quand même. Maintenant aussi tu me gardes. Entre nous deux s'applique le verbe « se garder ».

Dans tes bons moments je te fais rire, mais dans tes moments tristes je ne te détourne pas d'un pouce de ta tristesse.

J'adore quand tu as sommeil au téléphone, j'entends le souffle de ton bâillement et tu n'as pas encore pris ton café. Pour moi c'est impossible, il faut avant toute autre chose que je mette la cafetière sur le feu. Ici j'apprends à m'en passer. C'est bien de faire l'expérience des « sans » de peu d'importance, comme un sans café au réveil.

Je fais des exercices de traction sur mes doigts contre

la porte blindée. Il y a une encoche en fer dans le montant.

J'apprends à nouer une amitié avec le temps. Je me présente comme une personne de son âge. Le temps est là pour toujours et moi aussi, même si mon « pour toujours » est plus bref. Nous coïncidons dans les mêmes minutes, peu importe l'espace, nos immensités peuvent être contenues dans quelques centimètres. Tu y es toi aussi et rien d'autre ne compte pour moi.

Avant toi, devant une femme je pensais ne pas être à la hauteur. Durant les années révolutionnaires, il existait plus de complicités que d'amours. Ensuite est venue une longue abstinence et puis, une fois remis, il était évident que je ne pouvais offrir un avenir décent à une femme.

Tu es venue et ma réticence et mon incertitude se sont évanouies. Tu as bouleversé mon univers et les formules par lesquelles je justifiais cette absence. Ta présence a mis les jours en file indienne, en route vers les rendez-vous.

Je me demande pourquoi à l'intérieur de ces murs scellés j'ai envie de t'écrire des choses que je n'exprimerais pas tout haut. Peut-être est-ce le vide autour de moi qui m'aide. Il est différent de celui de la montagne dans lequel je m'agite en grimpant. Ici le vide me maintient immobile.

Dans leurs lettres, les détenus se retiennent pour ne pas montrer trop de nostalgie. Puisque je n'en souffre pas, je fais le contraire, j'exagère avec d'affectueuses pensées.

Dès que je suis arrivé ici, je me suis tout de suite

orienté avec les points cardinaux. Les cellules d'isolement sont dans l'aile nord, la porte blindée est au sud, je lui tourne donc le dos, et l'ouest est à gauche. À la fin de chaque journée, je regarde vers l'occident, en sachant que tu es quelque part dans cette direction. C'est une merveilleuse pensée quotidienne. Nul besoin d'explication, c'est un cadeau que tu me fais, sans mérite ni raison. C'est ton cadeau parfait.

Un sujet délicat me vient maintenant à l'esprit. Tu me demandes parfois si je suis jaloux. Je te réponds non. Parce que ti voglio bene, *je t'aime. Le mot* bene, *bien, change tout. Si on l'enlève, il reste* : ti voglio, *je te veux. Là oui, on est jaloux. Mais moi j'ajoute le mot en plus, juste et précis* : ti voglio bene.

Lors de ma précédente incarcération, certains camarades de cellule se tourmentaient à l'idée que leur femme, leur fiancée, puisse trouver un autre homme. Tous les mois, ils arrivaient à cran au parloir, ils revenaient en cellule dans un état encore pire. Je ne les comprenais pas. Que devaient faire ces femmes, être des veuves blanches ? J'essayais de consoler et je le faisais mal. L'un d'eux m'a répondu : « Et alors, on est rien que des pièces détachées qui se remplacent ? »

J'aurais dû répondre oui, nous sommes remplaçables, mais je ne le disais pas.

C'est comme ça, ammoremio, *quand il s'agit de longues séparations, prison ou émigration, laissons faire le temps et non les serments.*

Tu es une femme au cœur de la vie. S'il t'arrive d'éprouver un désir impérieux pour un homme, tu l'exprimes et tu le satisfais. J'espère que tu ne tomberas pas amoureuse, mais quand bien même, je t'aime tant. Le bonheur que tu saisis avec un autre ne m'enlève rien de toi. Tu ne pouvais trouver ce bonheur avec moi.

J'ai toute une variété de bonheurs avec toi, tu ne m'en as pas privé, tu en as même inventé que je ne pouvais imaginer. Ils sont faits sur mesure pour moi et ne pourront se reproduire avec aucun autre.

Il en va ainsi des bonheurs.

Q. Reprenons l'interrogatoire. L'avocat de la défense est présent. Nous n'avons pas encore les conclusions scientifiques, mais je crois bon de faire une dernière tentative.

Vous avez longtemps fait partie d'un mouvement de protestation de la jeunesse.

R. Il s'agissait d'un mouvement révolutionnaire et non d'une protestation d'étudiants.

Q. C'est bien ça. Vous avez été un militant à plein temps, comme on définissait alors un adhérent qui pouvait se consacrer complètement à l'activisme politique. C'est exact ?

R. Oui, j'étais militant à plein temps. L'organisation subvenait à mes besoins.

Q. Vous avez consacré les années de votre jeunesse à cette expérience.

R. Toutes les années de cet âge-là, de dix-neuf à trente ans.

Q. Il est évident qu'un tel engagement implique une adhésion intellectuelle et matérielle qui fait de ces années les plus importantes de votre vie.

R. Certainement les années les plus bondées et les plus collectives, mais je ne saurais en évaluer l'importance.

Q. À la différence d'autres militants de l'époque, vous avez conservé un sentiment de fidélité et d'attachement envers cette période, à l'abri des revirements. D'autres se sont ouvertement éloignés, désavouant même leurs actions, sans aucune arrière-pensée d'ordre judiciaire ou de récompense.

R. Ils se sont dissociés d'eux-mêmes.

Q. C'est bien ça. Vos sentiments envers eux relèvent du mépris, étant donné les termes que vous employez.

R. Pour moi, ils sont infréquentables,

mais je n'éprouve pas pour eux le triste sentiment du mépris.

Q. Alors, que doivent être les sentiments envers quelqu'un qui collabore avec l'État à combattre, qui dénonce et fait arrêter ses propres camarades, sinon ceux d'une totale aversion, de haine, de rancune, d'esprit de vengeance. J'exagère ?

R. Vous n'exagérez pas, vous vous trompez. Mais avant de poursuivre, je demande à renoncer à la présence physique de l'avocat commis d'office. Ce n'est pas une question personnelle. C'est que je préfère parler entre quatre yeux.

Q. Votre requête ne peut être retenue. L'absence d'avocat de la défense durant la phase de l'interrogatoire de l'inculpé est inconcevable et inconstitutionnelle.

R. Je ne pourrai pas poursuivre. Je n'arrive pas à surmonter l'obstacle d'une présence pour moi superflue et donc encombrante.

A. D. Je ne peux pas sortir de cette pièce. Mais je peux ne pas m'asseoir à côté de vous et me mettre derrière, en déplaçant ma chaise près de la porte.

R. Je vous remercie de votre amabilité. Dans ce cas, je peux continuer.

Q. C'est inhabituel, mais ça ne me dérange pas.

R. Je poursuis. Celui qui a commis une trahison s'est trahi aussi lui-même. Même s'il se persuade qu'il a fait une chose nécessaire, il a arraché une part de lui-même, de sa jeunesse. Je connais un traître efficace qui conduisait les carabiniers dans les endroits où ils pouvaient arrêter ses camarades. Il recommandait de bien les traiter au moment de leur arrestation, parce qu'ils étaient pour lui les meilleures personnes qu'il ait connues. Il savait qu'ils seraient torturés mais, tout en les trahissant, il continuait à les aimer.

De telles personnes se savent déshonorées. Elles portent sur elles le poids d'une infamie. Je ne ressens ni haine, ni rancune, ni esprit de vengeance. Des décennies, des morts de papes, des Jeux olympiques sont passés, le monde s'est retourné comme un gant. Ce XXe siècle est un temps si périmé qu'il est incompréhensible pour ceux qui sont venus après.

Si j'éprouvais ces sentiments que vous me prêtez, je serais un homme malade.

Vous me prêtez de la haine. Je tiens à vous raconter quelque chose. Vous connaissez les chefs d'inculpation qui m'ont fait passer des années dans les prisons d'îles petites et grandes. J'ai été condamné aussi pour des vols commis dans le but de financer l'organisation. L'homme qui m'a dénoncé avec d'autres a reconnu qu'il y avait participé. Il a dit qu'aucun coup de feu n'avait jamais été tiré.

Au cours d'un de ces braquages de banque, un enfant se trouvait à l'intérieur avec sa mère. L'irruption des braqueurs l'effraie et il se met à pleurer. Un des bandits s'approche et lui dit que nous sommes en train de jouer, que c'est une blague. Il lui montre son pistolet et presse la détente qui fait un clic à vide. Il avait retiré la balle dans le canon et le chargeur. L'enfant se calme et sourit. Le hold-up se termine, les bandits s'en vont avec ce qu'ils ont raflé dans les caisses.

Vous avez compris que le voleur qui a calmé l'enfant était l'homme de la vire.

Une autre fois, nous étions poursuivis, nous nous enfuyions à pied.

Brusquement, il s'arrête alors que je continue à courir. Il s'arrête et menace de lancer une grenade sur la voiture de police. Le véhicule fait marche arrière et s'en va. En fait de grenade, il avait dans la main un ananas peint en gris. La bombe était fausse, mais lui non. Vous me demandez si je hais cet homme. Quand on passe ensemble de telles journées durant des années, on ne change pas de sentiments comme de chemise à chaque saison. On y reste enkystés.

Q. Avez-vous d'autres souvenirs de cet homme ? De l'époque où vous étiez ensemble ?

R. Il lisait Jack London, mais pas les textes politiques qui circulaient chez nous militants. Il disait que c'était un révolutionnaire, qu'il écrivait des histoires du bon côté. Il avait dit, au début du xxe siècle, que la révolution existait déjà.

Son livre préféré était *Le vagabond des étoiles*. Une nuit en plein air, il me dit que, pour lui, le mot « étoiles » ne convenait pas. Il les appelait « terres ». Appelle-les comme tu veux, ce n'est pas notre problème, nous devons nous occuper du monde, les étoiles sont l'affaire des astronomes, lui ai-je répondu. Moi, ce scintillement me donnait sommeil.

Bref, il était unique en son genre. Chacun de nous l'était, mais nous portions un uniforme intérieur qui nous tenait en rang serré. Même s'il était invisible, lui le retirait. Les discussions politiques l'ennuyaient. Mais il se comportait bien quand il le fallait.

Je ne m'attendais pas à une trahison de sa part, non pas de lui.

Q. Les actes du procès de votre organisation permettent de reconstituer votre parcours. Cet homme et vous avez adhéré ensemble à la formation armée ?

R. Pas seulement nous deux, nous étions un petit groupe à la rejoindre en même temps.

Q. Vous vous connaissiez déjà avant ?

R. Depuis l'école, nous faisions partie de la même association étudiante.

Q. Vous avez grandi ensemble, vous vous connaissiez bien.

R. Comme on peut se connaître lorsqu'on

professe les mêmes idées et lorsqu'on les met en pratique de façon cohérente. Je fais allusion au partage de l'argent, des logements, de la nourriture, des corvées de ménage. L'égalité existait aussi dans les tâches ménagères. Nous connaissions nos comportements, mais quasiment rien de l'intimité de chacun.

Mais nous avions curieusement un goût commun, nous aimions le tennis et pas le foot. Lui l'avait pratiqué, moi non. Il arrivait à se procurer des billets pour le tournoi international de Rome, des places de luxe, dans les tribunes. On y allait bien habillés. Moi j'aimais les doubles, lui les simples.

Tandis que je suivais les matchs, lui profitait de l'attention générale pour faucher des portefeuilles. Il ne volait pas pour lui, il versait l'argent dans la caisse commune. Contrairement à moi qui étais fasciné par le jeu des champions, il ne se laissait pas aller à l'insouciance. Même un tournoi de tennis devait servir notre objectif.

Il avait la main légère, il fauchait mon portefeuille sans que je m'en aperçoive. Il le faisait pour s'entraîner, mais il disait que j'étais trop facile à dépouiller. Je n'ai jamais été capable de voler quoi que ce soit, pas même un livre sur une étagère.

Q. Et pourtant vous avez aussi été condamné pour vol à main armée.

R. Pour financer l'organisation. Si j'avais dû le faire pour moi, j'aurais renoncé. Le vol me paralyse. Tendre la main pour enlever quelque chose à une personne : impossible pour moi. Le programme était tout le contraire, tendre la main pour donner à chacun une juste part.

Je lui disais qu'il était un voleur et qu'il ne respectait même pas le tennis que nous aimions.

« C'est un jeu de riches, répondait-il. J'aime bien le tennis, mais c'est une concession à mes origines bourgeoises. Et donc, je l'atténue par le contrepoids d'un geste utile à la cause. »

Il disait : « Il s'agit de taxer des contribuables. Je ne suis pas un voleur, je suis un percepteur. »

Il voulait se débarrasser de l'étiquette de la classe aisée.

Je n'avais pas ces scrupules de famille, mon père était conducteur de tramway, ma mère faisait des ménages payés à l'heure, nous habitions une banlieue populaire, l'aisance n'a jamais frappé à notre porte.

La bourgeoisie lui a été utile par la suite, il a pris un avocat célèbre pour se défendre et il n'a cessé de balancer pour s'en sortir.

Q. Dans votre relation, la différence d'extraction sociale compte aussi, un beau mélange d'admirations, de défis, de preuves.

R. Vous pouvez écouter, mais comprendre, sûrement pas. Vous devez trancher, prononcer des jugements. Que pouvez-vous savoir de ce qui nous a unis, de ce que nous avons partagé ?

Q. Ce partage concernait aussi votre rapport avec les femmes ?

R. C'étaient avant tout des camarades de lutte. Ensuite, je n'ai rien à dire sur des ragots. Occupez-vous de la chronique noire et non de la rose.

Q. Il ne s'agit pas de ragots, de qui était avec qui. J'essaie de savoir s'il existait des différends entre vous sur le plan sentimental.

R. Votre recherche d'un mobile glisse vers le crime passionnel? Évitons le ridicule.

Q. Je retire ma question. Il n'en demeure pas moins que vous n'étiez pas des moines, il y avait des femmes, je veux dire des camarades, dans l'organisation. Des liens affectifs se nouaient et se dénouaient.

R. Ce qui l'emportait sur tout le reste, c'était la raison pour laquelle nous étions ensemble et c'était cela qui décidait du sort final de nos vies.

Q. Et de celles des autres, mais cette fois je ne parle pas des morts. Les vies de vos parents, de vos frères, de vos sœurs, et de vos enfants aussi. Vous les avez obligés à vous suivre dans les prisons de toute l'Italie pour vous soutenir.

R. Je ne vous permets pas de parler d'eux.

Q. Je retire cette remarque.

Je vous remercie de ces détails. Ils rendent le contexte plus difficile et le mobile plus compliqué. Pour rester dans l'hypothèse d'un guet-apens sur la vire, je dois revoir toutes les données. Il n'était pas pour vous un simple traître. Nous avons ici un homme avec qui vous avez partagé les moments intenses de personnes qui ont confiance l'une dans l'autre. Nous avons ici un homme que vous avez même admiré. Votre gratitude envers le geste qui vous a permis d'échapper à une arrestation est aussi à prendre en considération.

Je dois comprendre que chez vous la vengeance est un acte plus déchirant qu'un violent rééquilibrage opéré avec le recul du temps. Vous avez dû vous libérer de sentiments profonds, enkystés, comme vous venez de le dire. Il vous a fallu des années de prison pour déraciner cette affection. Et voilà que ressurgit cet homme qui était mort pour vous. Alors, c'est le passé qui reflue, et qui n'est pas passé, si une rencontre accidentelle suffit pour que vous le sentiez à nouveau frémir dans vos nerfs.

Si vous avez prié un jour dans votre vie, vous avez dû prier pour ne jamais le rencontrer. Si vous avez adressé cette prière au ciel, vous n'avez pas été exaucé. J'essaie de m'identifier à la personne que je crois que vous êtes, pour remplir les espaces que vous laissez en blanc. Dans tout ce que vous dites il manque des pans éboulés à reconstruire.

On doit attribuer un mobile à un crime, mais de combien de mobiles précédents est fait ce mobile?

Connaissez-vous la légende de Thésée dans le labyrinthe? Pour mon enquête, ce qui compte n'est pas d'arriver au Minotaure, mais de résoudre les étapes du parcours. Finalement, le Minotaure est un détail.

R. Comme un sommet au bout d'une ascension.

Q. Exactement.

Aujourd'hui, vous vous sentez comme un homme isolé dans cette époque et dans cette société. Vous allez en montagne pour approfondir le vide et la distance. Aujourd'hui, vous êtes une sorte d'ascète laïc, vous vous retirez dans un espace désert pour ne pas partager le présent.

Mais votre passé est resté indemne et rien n'empêche un ascète de commettre un crime. D'accord, vous ne ressentez pas de haine. Cela signifie que vous pouvez avoir agi sans cette impulsion, de sang-froid. Vous vous êtes peut-être croisés par hasard dans le même lieu de villégiature, ce qui a fait naître une occasion de vengeance.

R. Vous vous trompez sur le passé, il ne reste pas intact. Le temps est une lèpre qui le fait tomber par petits bouts.

De sang-froid, je peux vous dire que vous vous égarez et que vos hypothèses ont un besoin urgent de vérification.

Q. C'est possible, mais dans mes enquêtes les digressions sont utiles. Elles font connaître les caractères, ressortir des détails intéressants, ne serait-ce que par le simple usage du vocabulaire. Tout à l'heure, vous m'avez corrigé en utilisant les termes de « dissociation », de « désaveu ». En admettant que ce ne soit pas des expressions de haine, elles manifestent du dédain.

Il faut que je comprenne si vous êtes à la hauteur du crime que je crois que vous avez commis. Je pourrais conclure que vous n'êtes pas du tout à la hauteur. Vous voulez me prouver que vous êtes supérieur, que vous ne vous êtes pas abaissé à ce niveau. Mais vous pourriez aussi bien être inférieur à ce niveau, n'ayant pas été capable de commettre ce crime. Dans ce cas, mon accusation serait une flatterie, un compliment.

En dehors du cadre de l'enquête, vous êtes en train de gagner le soutien et la considération de votre milieu d'autrefois, qui suit cette affaire avec des commentaires positifs.

R. Ah bon? Ils approuvent quelque chose que je nie avoir fait? Je commence à prendre plaisir à vous écouter. L'intérêt que me porte quelqu'un m'est très agréable. Être ainsi au centre de l'attention d'un inconnu, même pour des raisons professionnelles, flatte mon amour-propre. Et me fait me sentir important.

Serais-je incapable, serais-je supérieur? Je ne saurais répondre. Il me semble en revanche que vous vous êtes fixé une tâche au-dessus de vos capacités, en maintenant en examen une personne plus âgée et plus compétente que vous. Je connais les procès, non pas en téléspectateur de séries policières, mais en tant que membre de la génération la plus poursuivie en justice de l'histoire d'Italie.

Vous allez trouver ça bizarre mais, dans ma condition d'infériorité, en état d'arrestation, je crois avoir un avantage sur vous. Je suis en mesure de repousser des accusations plus que vous ne l'êtes de les étayer.

Vous dites que cette inculpation me procure une certaine considération dans les milieux militants d'autrefois. Pourquoi pas aussi dans ceux de la pègre? La mort d'un traître est conforme à leur code de conduite.

Une réputation : la sortie de l'anonymat, mon nom dans les journaux? C'est du papier hygiénique, ça ne dure que le temps de s'en servir.

La célébrité qui nous rend inoubliables, nous anonymes, c'est notre inscription à vie dans les archives de la police. Là-dedans, nous sommes ineffaçables, à perpétuité. Moi, je le suis depuis des dizaines d'années. La célébrité, je l'ai déjà, nous sommes nombreux à l'avoir.

L'écrivain sicilien Leonardo Sciascia a participé à la commission d'enquête parlementaire sur l'enlèvement d'Aldo Moro. Il en a retiré un sentiment de désolation envers les coupables et leurs motivations qu'il ne pouvait ou ne voulait pas élever au rang de raisons. Mais ses réflexions ont rejoint son point de vue littéraire dont j'ai discuté longuement avec moi-même.

Je m'arrête là. Ce que je dis vous intéresse? Je ne fais que suivre une de mes vieilles pistes de réflexion, une explication avec moi-même. En aucun cas utile à votre enquête.

Q. Ça m'intéresse. En marge de l'objectif de cet entretien entre enquêteur et suspect, j'écoute un point de vue sur l'histoire.

R. Alors, je continue. Sciascia dit que même un acte politique criminel comme cet enlèvement avec massacre de l'escorte concerne seulement ceux qui l'ont commis. Le crime, même s'il a été exécuté à titre collectif, relève de la responsabilité individuelle. Du point de vue humain et littéraire c'est vrai. Les coups qui ont été tirés dans ces actions continuent à exercer des contrecoups dans la main des participants.

Mais il y a d'autres domaines qui prennent en compte le délit de participation à une bande armée. L'État exige d'appliquer la circonstance aggravante de l'association à chaque membre de l'organisation. Ce n'est pas à vous que j'expliquerai ce que c'est. En tant que participant d'une organisation armée j'ai été condamné comme responsable de toutes les actions, y compris celles où je n'étais pas présent.

Dans les années de ces procès, des peines à perpétuité ont été infligées à ceux qui n'avaient fait qu'héberger un membre de l'organisation dans leur appartement. Fin de la responsabilité individuelle, et tant pis pour Sciascia, parlementaire de l'État italien. Celui qui appartient à une loi qui condamne en bloc aussi ceux qui n'ont pas commis de crime spécifique ne peut pas être l'arbitre des consciences des autres.

La presse de l'époque a copié le titre d'un film allemand pour englober toute la période 1970-1980 dans l'expression « années de plomb ». Cette presse a associé au plombage une large part de militants révolutionnaires qui ne s'étaient pas enrôlés dans des bandes armées. Une autre pierre tombale s'ajoute à la mort de la responsabilité individuelle.

Enfin, je me tiens moi-même pour responsable de ce qui a été commis au cours de ces années publiques. Non seulement des délits, mais aussi des bons résultats obtenus par les combats de rues entrent dans mon bilan d'une époque collective.

Alors de quoi parle Sciascia? Du ricochet émotif que l'action armée décharge sur celui qui l'exécute. La motivation politique ne protège pas les nerfs du participant des conséquences à long terme. Et on en vient à penser que cette action qu'on tenait alors pour nécessaire et urgente serait absurde aujourd'hui. Le temps écoulé efface la raison politique, isole le participant. Ces coups continueront à résonner en lui.

Sciascia a raison sur le plan humain, la responsabilité est individuelle. Il avait déjà raison sur le plan littéraire, fixé une fois pour toutes par *Crime et Châtiment*.

Il a tort sur le plan de la loi et de la politique. En tant que parlementaire dans une commission d'enquête, il se trouvait au mauvais endroit pour tirer ses conclusions. Élu sur les listes du Parti radical, il a cru dans cette sorte d'engagement d'un écrivain. Il se trompait, car il niait son individualité, inconciliable avec l'appartenance à un parti et un organe de l'État. Dans cette fonction d'enquêteur public, il n'était plus écrivain. Il n'avait pas droit à la neutralité.

Je me rends compte que je fais moi aussi des digressions sur des sujets qui m'accompagnent depuis longtemps. Je n'ai pas l'occasion d'en parler, alors je saisis celle qui se présente maintenant.

Comme si j'étais seul un soir à une table de bistrot et que je me vidais de mes pensées dans un long monologue. Je rouvre les yeux et j'ai un magistrat devant moi. Qu'est-ce que je fais? Je collabore? Non, pas comme on emploie ce verbe dans les actes judiciaires.

Je vous fais part de considérations personnelles, je vous dévoile certains aspects de mon caractère. Mais qui se soucie de mon caractère? Perdre son temps à écouter un homme qui s'est empêtré dans le xxe siècle?

Il vous intéresse? Je vous l'offre, mon caractère, vous ne pourrez pas l'utiliser contre moi.

Il ne s'agit pas de personnalité, je n'en ai pas une bien à moi. J'en ai une qui est multiple, celle de nous autres d'une époque agitée, qui faisait tomber les cavaliers de leur selle.

Q. Vous dites avec Sciascia que chaque action retombe sur celui qui la commet. Toute motivation au nom d'une cause publique laisse le coupable aux prises avec lui-même. C'est un aveu important concernant votre caractère. Vous vous déclarez responsable de ce que vous avez commis personnellement et aussi de ce qui a été accompli par votre génération. Ces responsabilités assumées doivent vous peser depuis longtemps, au point de rendre légère cette dernière affaire dans laquelle vous êtes impliqué.

Pour vous, cette inculpation d'homicide est de peu de poids au regard de tout ce que vous avez déjà voulu assumer. Un délire de responsabilité totale vous rend invulnérable à l'accusation. La restriction de l'isolement n'a aucun effet de pression sur vous. Vous payez l'appartenance à une époque que vous qualifiez d'agitée. Votre caractère m'apparaît plus clairement, tout comme la personnalité exprimée par votre génération. Je comprends que cette détention ne comporte pour vous aucune espèce de mortification.

R. Mortification? Je vais vous raconter une anecdote. La veille de Noël, nous allions recevoir nos cadeaux chez nos oncles et tantes. Nous étions nombreux. L'époque était nombreuse. Un adulte se déguisait en père Noël et distribuait les cadeaux aux enfants. Ceux d'entre nous qui allaient déjà à l'école devaient apporter une lettre avec de bonnes résolutions et on nous demandait de dire un poème. À cette époque, on enseignait aux enfants à les réciter par cœur. Chaque année, au mois de décembre, il fallait apprendre le poème de Noël.

C'était dur de devoir s'exhiber dans le silence complaisant des adultes, mais c'était le prix à payer à la cérémonie.

Un jour, ce fut au tour d'un enfant qui ne voulait pas réciter son poème. Il se justifiait en disant qu'on ne lui en avait pas appris. On insista pour qu'il en dise un, ou seulement quelques vers. Ainsi, dans l'habituel silence complaisant, l'enfant s'écria : « C'est Pâques, c'est Pâques ». Il ne connaissait que celui-ci.

Il fut interrompu par l'hilarité générale qui se prolongea même devant ses larmes et ses sanglots.

Je vois que vous avez souri vous aussi.

Je n'imagine pas de mortification plus forte que celle d'un enfant qui fait de son mieux et qui reçoit en échange un fou rire d'adultes.

Encouragés par eux, les enfants se mirent à rire également. Je voudrais savoir aujourd'hui du moi-même d'autrefois si j'ai ri aussi.

Je me souviens encore du prénom et du nom de cet enfant plus petit que moi. Son humiliation est restée gravée dans ma mémoire, irrémédiablement.

Ici, à cette table, il n'existe pas de mortification. Je fais de mon mieux et personne ne se permet de se moquer de moi.

Q. Personne n'a consolé cet enfant ?

R. Sa mère, à cette époque il y avait les mères.

Q. Elles sont là aussi maintenant.

R. Celle de cet enfant et la mienne, non.

Q. Un petit détail : vous connaissez des poèmes par cœur ?

R. Une quantité, je les révise dans mon isolement.

Q. Revenons à notre affaire. Je crois que vous êtes encore en train d'expier aujourd'hui votre appartenance.

R. L'appartenance, oui, je l'ai pratiquée. Elle a été totale, au point d'en exclure toute autre. Je suis d'une ville du Sud, de celles qui, à force de cris perçants, font du système nerveux un instrument à cordes qu'on pince. Et puis, je suis d'une famille qui m'a donné une éducation sévère et nécessaire.

Ces appartenances ont été interrompues, je n'ai plus été d'un lieu ni d'une histoire personnelle. J'ai appartenu à une époque publique.

J'ai retrouvé ensuite mes origines, elles étaient devenues des souvenirs, des années, des bouteilles vidées.

Dans ces entretiens, j'oublie que je suis sous le coup d'une accusation pour homicide. Avant, j'avais l'impression d'être seul dans un bistrot avec mon monologue, maintenant il me semble que je suis devant une assemblée muette, une foule d'absents devant lesquels j'interviens. Je m'aperçois de nouveau que j'ai un magistrat devant moi et peu m'importe qu'il ait écouté avec les autres.

Vous avez peut-être des pouvoirs de chaman et vous provoquez des états de suspension de la conscience. Ou bien c'est moi qui me sens invulnérable à vos accusations et capable de déborder au-delà des réponses nécessaires.

Je ne crains pas les conséquences des

événements de ces jours-ci. Le temps de la réclusion ne me pèse pas, car même là-dedans il reste mien. Je suis assez vieux pour ne pas trépigner d'impatience à l'idée de gambader dehors.

Q. Si vous n'avez rien d'autre à ajouter, je considère que cet acte d'instruction est terminé. Je peux vous dire que je n'ai aucun don chamanique et qu'il ne m'arrive jamais d'avoir une écoute aussi large avec des inculpés. Je ne considère pas votre ouverture comme une collaboration. Vous vous tenez à l'écart.

Vous m'avez offert une leçon d'histoire politique de votre point de vue, qui n'est pas celui d'un témoin. Le témoin se trouve par hasard sur place et sur le moment. Mais vous, vous êtes partie prenante d'une époque vaincue et révolue. Votre point de vue sur les faits est nouveau et clair pour moi. Je vous suis donc reconnaissant de ces digressions.

R. Je profite de cette gratitude pour vous demander quelque chose. Laissez-moi en isolement. Je n'ai nul besoin de socialiser avec d'autres détenus ni d'avoir plus d'heures de promenade.

Et puis je voudrais vous donner un

conseil : faites-vous accompagner sur la vire du Bandiarac. Allez-y avec le seul homme qui pourra assurer votre sécurité. Il s'appelle Diego Z., guide de haute montagne. C'est avec lui que j'y suis allé la première fois. Allez-y pour voir et pour sentir sous vos pieds ce que c'est. Faites-le pour vous, non pour l'enquête.

Enfin, je demande à l'avocat qui est derrière moi de ne pas présenter de demande de mise en liberté provisoire. Je préfère sortir pour avoir été acquitté et non parce qu'un avocat a le pouvoir de me faire rentrer plus tôt chez moi.

Ammoremio, *une autre lettre s'ajoute à celles non expédiées. Je reste en isolement, ainsi il n'y a aucune possibilité de recevoir des visites. Je n'en souhaite pas, pas plus que des lettres. C'est un lieu pour hommes seuls, un couloir de cellules individuelles, de monastère, sans prières. Les moines d'ici s'en remettent aux avocats, ce sont eux qui s'occupent des prières.*

Mon affaire est expérimentale. Pousser un homme à avouer un crime politique, le dernier ajouté à une époque expirée. On veut me persuader qu'ainsi se termine un registre d'actes judiciaires. L'aveu d'une vengeance politique servirait à fermer une parenthèse restée ouverte jusqu'à aujourd'hui. Car aucun de ceux qui ont trahi leurs propres camarades n'a été atteint par une vengeance. Le plateau de la balance reste incliné.

Une seule vengeance suffirait-elle à équilibrer les poids ? Les poids, les charges pénales, non, mais justement parce qu'une seule plutôt qu'aucune a un poids spécifique symbolique et plus important. Ce raisonnement me cerne et veut ma reddition à travers mon approbation.

Et puis, avec des aveux complets il y aurait l'avantage personnel de se décharger d'un poids. Mais ce magistrat n'a sûrement jamais fait l'expérience dans sa vie d'aveux ayant des conséquences pénales. Il me propose le soulagement physique de me débarrasser d'un poids sur l'estomac. Comme si on était constipé et que les aveux servaient de purge.

Il ne pourra l'emporter par le biais de mes aveux.

S'il ne m'acquitte pas, je reviendrai en inculpé au tribunal. La nouveauté, c'est que cette fois je serai plus vieux que les juges. C'est un avantage pour moi, je les retrouverais pourvus d'une autorité et d'un pouvoir réduits. Quand j'avais vingt ans, ils avaient le pouvoir de me priver d'une bonne part de vie à l'air libre. À présent, ils ne peuvent que ratisser des miettes.

Tu sais qu'on m'accuse d'avoir poussé dans le vide du haut d'un sentier un camarade de nos vieilles luttes politiques, devenu ensuite un délateur. À l'époque, nous étions amis. On dit amis pour la vie, mais cette expression ne lui suffisait pas, car la vie est imprévisible. Il disait que nous étions amis par le sang. Mais nous n'avons pas fait le pacte en nous entaillant la paume de la main et en mêlant nos deux sangs. Il me l'a demandé, mais je n'ai pas voulu. Ce geste aurait exclu les autres camarades.

Dans ces années agitées, l'amitié était un échange d'aide, en sachant qu'elle serait immédiate et sans explications. On était unis par une volonté commune.

Nous nous étions coupés de nos familles à l'arrachée, en renonçant, et en la reniant aussi, à la vie domestique. Nous pratiquions une autre appartenance. L'amitié remplaçait l'affection familiale en faisant de l'autre un frère, un père, un fils.

Ainsi étions-nous tous les deux à l'époque. Je t'en parle pour m'expliquer des choses restées confuses. Je n'ai pas compris alors comment il a pu rompre avec nous. Au lieu de partager la défaite et les peines, il nous a tous trahis, moi compris. Il n'a oublié personne en nous livrant. Et je comprends encore moins pourquoi je ressens sa délation comme un tort fait à moi plus qu'à tous les autres. Je peux t'en dire davantage sur lui.

Contrairement à moi, il était spirituel et il savait s'y prendre avec les filles. Il inventait des manières d'engager la conversation. Un jour, il dit en ma présence à une fille qui lui plaisait : « Déguste-moi. » Elle a ri et lui a cédé. Cette invite se répandit parmi nous, mais dite par d'autres elle ne fonctionnait pas. Elle devint pourtant son surnom, nous l'appelions Gustin.

Tu vois qu'après des décennies je ne parviens toujours pas à séparer le traître de l'ami. Je t'écris ces choses parce que je crois que tu sauras me les expliquer.

Je vis comme un moine depuis longtemps. Je cesse quand nous sommes ensemble et que nous nous trouvons brusquement sans fuseaux horaires entre nous. Alors, le temps passé ensemble se multiplie, le tien et le mien coïncident.

Ce qui compte pour moi c'est partager les mêmes minutes du jour plus qu'être au même endroit. J'adore te demander l'heure qu'il est, pour t'entendre dire que c'est la même que la mienne. J'aime ta voix lasse qui me le confirme.

Au cours de l'interrogatoire, je me suis mis à parler de Leonardo Sciascia, de l'époque où il était passé d'écrivain à parlementaire. Mais avec toi, je préfère rappeler son écriture. J'ai été un de ses heureux lecteurs. J'aime la brièveté de ses récits, l'empreinte sicilienne qui ne se laisse pas aller à la cadence du dialecte. C'est une Sicile intérieure. Il propose des héros isolés face au système et à l'accoutumance aux torts.

Dans une de ses phrases dont je me souviens mal, il écrit que la vérité est au fond du puits. Si on se penche on voit le reflet du soleil ou de la lune. Mais, si on descend dans le puits, on ne trouve ni l'un ni l'autre. On trouve la vérité. C'est ainsi, il faut descendre ou tomber dedans. Le magistrat par exemple m'interroge de l'autre côté de la margelle. Il ne descend pas, il se penche tout au plus.

Sciascia écrivait des histoires d'enquêteurs doués d'un bon sens de l'observation qui découvraient des complicités inextricables. La société était un buisson d'épines, piquantes vivantes et mortes.

Les films tirés de ses histoires manquent de la densité de ses descriptions, en privilégiant l'histoire du crime.

Avec le magistrat, il s'agit plus d'un débat que d'un interrogatoire. Il n'a encore fourni aucune preuve et la conversation tourne donc autour de son hypothèse d'accusation. Il l'avance et moi je la démonte. Je n'éprouve aucune hostilité envers cet homme qui a l'âge du fils que je n'ai pas. Je lui ai conseillé d'aller en montagne. Il n'a jamais fait d'ascension.

Toi, tu as appris avec moi, puis tu as décidé que ça ne te plaisait pas. Mais tu as pu apprécier le bon pas qui ne glisse pas sur les petits cailloux.

Je lui ai conseillé les montagnes non pour le mettre en difficulté, mais pour lui faire comprendre un peu mieux de quoi il m'accuse. Il pourra bien se persuader que je suis coupable, mais il saura au moins à quel endroit a eu lieu la chute.

Au cours de l'interrogatoire on a également parlé de tennis que j'aimais aussi quand j'étais jeune. Je n'y ai pas joué, à l'époque c'était un sport réservé à un petit nombre, il se pratiquait dans des cercles. Il s'est répandu aujourd'hui, les champions viennent de toutes les origines sociales. Il est devenu plus beau et plus rapide. Je le regarde à la télé, je ne suis plus allé assister à un tournoi. On ira peut-être un jour tous les deux.

Pourquoi j'aime le tennis : je me le suis demandé. Pour la géométrie plane des trajectoires qui cherchent le point du terrain le plus éloigné du joueur adverse. La raquette utilisée comme une massue et comme une caresse. Le bruit des coups qui varie du claquement de doigts au bruissement d'une poignée de main. Le rebond de la balle fait le bruit de la goutte perdue par le robinet.

Ici, en isolement, je reproduis les yeux fermés les bruits d'un terrain de tennis. Ceux-là aussi me font aller loin. Ici, c'est un endroit pour oublier le sens du verbe « pouvoir ». Ici, on ne peut presque rien.

Si cette incarcération se prolonge, je me résignerai à t'envoyer ces lettres, sinon je ferai moi-même le facteur. Je t'embrasse ammoremio.

Q. Reprenons l'interrogatoire en présence de l'avocat de la défense. Je vois que vous vous laissez pousser la barbe.

R. C'est pour mesurer le temps.

Q. L'absence de photos des années de votre jeunesse est surprenante. À part celles de groupe dans les cages des salles d'audience, on ne trouve pas d'images privées de vous tous. Alors que votre dossier regorge de matériel écrit, d'analyses politiques, de publications, de procès-verbaux de réunions. Entre votre époque et l'époque actuelle, c'est la différence la plus flagrante.

Au cours de la perquisition de votre appartement, on n'a pas trouvé un seul album photo.

R. On n'en fait pas en prison, à part les photos d'identité judiciaire.

Q. Mais d'un anniversaire, d'un Noël, de vos parents ?

R. Je ne sais pas où elles sont passées.

Q. Même dans votre téléphone portable, il n'y a pas de photos de personnes. Vous prenez des lieux, des aubes, des couchers de soleil, des parois. Vous êtes un paysagiste ou bien êtes-vous encore tributaire d'habitudes de clandestin ?

R. Je n'aime pas capturer des visages, des sourires devant l'objectif. Ces appareils semblent être à usage privé, mais ils sont à la portée de tous ceux qui voudraient regarder dedans. En plus, ils signalent continuellement où on se trouve. C'est pour ça que j'utilise ces instruments avec méfiance.

Q. Appareils, instruments : même votre langage appartient à une autre époque. Est-ce par refus de la modernité ?

R. Pour moi, la modernité consiste dans une utilisation méfiante de ces objets, non dans l'enthousiasme puéril pour le dernier modèle.

Q. J'ai l'impression que vous voulez effacer toute trace de vous. Vous la retireriez peut-être même de l'état civil, de vos papiers. Est-ce bien ça? Une vocation à s'effacer?

R. C'est possible. En revanche, l'opposé c'est de souligner sa propre présence, un désir obsessionnel de laisser une trace, une image, une expression. Vouloir ajouter son propre nom à la liste des célébrités, innombrables au point de se fondre dans l'anonymat.

L'obsession d'être déclaré important par les autres ne me concerne pas. J'ai fait partie d'une génération qui a agi au nom du collectif. Je considère donc insignifiantes les individualités, les personnalités.

Q. J'essaie de comprendre au ton de votre voix si vous le dites par idéologie ou par conviction intime et philosophique. Vous savez que vous vivez dans une époque opposée?

R. Oui, et je crois mieux me défendre

que bien de mes contemporains, éblouis par les projecteurs et les estrades.

J'admire les animaux car ils réduisent au minimum leur prétention à l'originalité.

Q. Et oui, en grattant bien, il s'agit finalement de retour à l'état naturel.

De tous les inculpés réticents que j'ai interrogés, vous êtes certainement le plus éloquent.

R. Les compliments d'un procureur à un inculpé font frémir. Dispensez-m'en.

Q. Je pensais vous poser cette question la dernière fois et j'ai oublié. Écoutez-vous de la musique quand vous allez en montagne ?

R. Non.

Q. Et chez vous ?

R. Non plus.

Q. Vous n'en écoutiez pas non plus quand vous étiez jeune ?

R. Non plus.

Q. C'est curieux de vous imaginer jeune sans la compagnie de la musique.

R. Vous pouvez aussi l'imaginer sans la danse. Je n'ai jamais franchi le seuil d'une discothèque.

Q. Vous étiez tous comme ça ?

R. Non, plusieurs d'entre nous aimaient les concerts. Ils se débrouillaient pour y aller sans payer. Pour eux, la musique était un droit.

Q. Drôle d'époque que la vôtre.

R. Je suis d'accord. Drôle au point que, pour nous, les cellulaires étaient les fourgons de la police qui nous arrêtait en masse et nous enfermait là-dedans jusqu'à ce qu'ils soient pleins. Un jour, j'ai été libéré avec tous les autres par un groupe de camarades qui avaient attaqué la garnison de policiers chargés de surveiller les véhicules. L'un d'eux a enfoncé la porte du fourgon cellulaire et a crié : « Sortez de votre cachette. »

Q. Je reviens à la musique. L'homme de la vire en écoutait d'après vous ?

R. Lui, oui.

Q. Quel genre de musique, vous vous le rappelez ?

R. Il aimait les Pink Floyd et d'autres groupes dont je ne me souviens pas.

Q. Vous non, pourquoi ?

R. S'il y a de la musique je n'arrive à rien faire, même pas à laver mes chaussettes. Je ne peux pas la garder en fond sonore. Et donc, je l'évite.

Q. L'homme de la vire appréciait encore la compagnie de la musique. Juste au-dessous du point où il a chuté, nous avons trouvé des écouteurs et un lecteur audio. Vous ne l'avez pas vu ? Il était un peu plus bas.

R. Non. Je ne sais même pas à quoi ça ressemble.

Q. Qui sait s'il l'a enlevé avant de tomber ou s'il s'est détaché au début de sa chute. Il pourrait l'avoir retiré en vous rencontrant.

R. Il ne m'a pas rencontré.

Q. Avez-vous une idée de ce qu'il écoutait ?

R. Non et je n'aime pas les devinettes.

Q. Les Pink Floyd, la musique de votre jeunesse.

R. De la sienne.

Q. Oui, de la sienne. Il allait au-devant de sa chute en emportant dans son casque la musique qu'il aimait le plus. Elle lui rappelait les années passées avec vous.

R. C'est là que vous voulez en venir. Vous avez trouvé la bande-son qui relie le passé et le présent. Je me demandais la raison de ces digressions. Mais vous n'en faisiez pas.

Q. Pas cette fois. Et où voulais-je en venir ?

R. Confirmer l'intention d'une rencontre préméditée sur la vire ? Elle n'a pas eu lieu.

Q. Ça c'est une divagation. Et comment ça se passait avec le cinéma, était-ce aussi une distraction?

R. On allait au cinéma, on partageait des films, des russes en noir et blanc, d'autres contemporains sur des thèmes politiques.

Q. Lesquels?

R. Je me souviens au hasard de : *Il était une fois la révolution*, *Enquête sur un citoyen au-dessus de tout soupçon*, *Z*, *La classe ouvrière va au paradis*, *La horde sauvage*.

Q. Pasolini?

R. Moins, parce qu'il s'occupait d'individualisme du sous-prolétariat, dépassé à cette époque de nouvelle conscience de classe.

Q. L'homme de la vire partageait-il ces choix ou se distinguait-il aussi dans ce domaine?

R. Oui et non. Il aimait un metteur en scène japonais, Kurosawa. À cette époque, on passait beaucoup de films, il y avait les ciné-clubs et les salles de deuxième ou troisième vision dans les quartiers de banlieue. C'était un bon endroit pour se donner des rendez-vous réguliers sans utiliser le téléphone. Le plus drôle c'est qu'aujourd'hui les communications sont toutes interceptées, et pourtant on continue à trop parler et à faire l'objet d'une enquête pour ce qu'on divulgue.

Q. C'est bien pour nous. Il a été établi que la victime avait l'habitude d'aller seule en montagne et qu'elle se rendait en Val Badia au mois de juillet. Il est établi que vous avez aussi la même habitude depuis longtemps. Vous ne vous étiez jamais rencontrés avant ?

R. Non, mais quand bien même, je ne l'aurais pas reconnu. Une personne change avec les années. Et puis, quand je marche en montagne je regarde par terre, là où je pose les pieds. Si je croise quelqu'un, je salue sans regarder. Je le recommande à ceux qui vont en montagne : regarder fixement par terre et, s'ils veulent lever les yeux pour observer les environs, qu'ils s'arrêtent.

Q. Vous auriez pu le rencontrer dans la vallée, à San Cassiano, La Villa, Corvara. Et décider de le suivre.

R. Contrairement à lui, mon aspect a peu changé au fil des ans, je suis resté maigre et je n'ai pas perdu mes cheveux. Je ne porte pas de barbe ni de lunettes. Il pouvait me reconnaître à mon insu.

Q. Vous dites que l'occasion inverse aurait pu se produire ? La victime vous aurait reconnu et au lieu de changer tout de suite de lieu de vacances, elle serait restée dans la même localité et durant la même période ?

R. Vous appelez victime quelqu'un qui est allé se fourrer tout seul au mauvais endroit. Une victime c'est quelqu'un qui se fait renverser sur un passage piéton.

Q. Je vois que vous tenez au vocabulaire.

R. Parce que j'aime cette langue italienne, ses précisions qui protègent des falsifications. La langue est un système d'échange comme la monnaie. La loi punit ceux qui impriment de faux billets, mais elle laisse courir ceux qui écoulent des mots erronés. Moi, je protège la langue que j'utilise.

Q. Donc, si vous n'utilisez pas de mots erronés, vous ne dites pas non plus de mensonges ?

R. Qu'est-ce que les mensonges ont à voir là-dedans ? Je parle de la définition d'un mot, par exemple : « victime ». Si vous l'utilisez à mauvais escient vous ne dites pas un mensonge, vous vous trompez de terme.

Q. D'accord, revenons à notre sujet. Peut-être y avait-il déjà quelque temps que cet homme avait entendu parler de vous, c'était peut-être lui qui vous filait.

R. Vous inversez les rôles ? Vous devriez revoir le chef d'accusation. Pour rester dans votre nouvelle reconstruction, il faudrait savoir ce qui passe par la tête d'un homme vivant avec le poids d'une infamie qui l'a laissé indemne lui et qui a détruit les vies des autres pour des dizaines d'années.

Q. Ces vies étaient déjà détruites.

R. Il pensait m'approcher? Se faire reconnaître? Je vais vous raconter une histoire, vous n'êtes pas tenu d'y croire. Il y a un an, je suis allé écouter la présentation d'un livre sur ces années-là. À la fin, un homme d'à peu près mon âge s'approche et me dit qu'il a fait partie de la même organisation que moi, dans la même ville et qu'il me reconnaît parce que je n'ai pas beaucoup changé. Je lui demande dans quelle section territoriale il intervenait et il me répond qu'il était un policier infiltré.

Je n'ai pas été surpris, nous en tenions compte, les portes de nos sections étaient ouvertes. Il suffisait qu'un nouvel adhérent soit présenté par quelqu'un qui en faisait partie. L'organisation s'agrandissait de cette façon et n'imprimait pas de cartes. Pour nous, seul comptait la contribution qu'il pouvait donner, son engagement, son dévouement. Ceux qui entraient par curiosité, ou seulement pour dire qu'ils étaient des nôtres, en sortaient vite.

Nous étions ouverts, mais les décisions étaient prises par un groupe restreint, qui avait fait ses preuves.

Cet homme ne cherchait pas à s'excuser, il voulait me saluer loyalement après tant d'années. Il n'était pas en service, il était déjà à la retraite.

Je raconte cette histoire pour en venir à la façon dont j'ai réagi. Je n'ai pas réagi. Je ne lui ai pas demandé son nom, quand il avait commencé, quand il avait arrêté. Je lui ai mis la main sur l'épaule et je lui ai dit adieu.

J'ai apprécié sa sincérité d'employé du ministère de l'Intérieur, qui s'était exposé au risque d'être découvert. La rencontre a fini comme ça.

Elle n'a rien à voir avec l'affaire actuelle. Cet homme appartenait à l'État, pas à nous. Nous aussi, nous avions des infiltrés dans leurs appareils. Rien à voir avec l'un des nôtres qui trahissait.

Q. Si vous l'aviez découvert, comment auriez-vous réagi ?

R. Nous n'en sommes pas à ce degré de confiance. Cet homme faisait son travail d'espion. Nous l'aurions interrogé pour savoir quelles informations il avait transmises.

Q. Et ensuite ?

R. Et ensuite, je change de sujet. Je vous ai raconté comment j'ai réagi dans ce cas-là parce que je m'y suis trouvé. Je ne sais pas comment je me serais comporté dans une rencontre avec l'un d'entre nous ayant renié la cause au point de trahir. Je ne peux pas le savoir avant. Je ne peux prévoir mes réactions. Même maintenant avec vous, j'improvise mon comportement.

Si j'avais pensé avant à la façon de réagir lors d'un interrogatoire et face à une accusation d'homicide, je me serais imaginé me taisant et refusant de répondre. Alors que me voici en train de raconter à un magistrat des choses que sans moi il ne saurait pas. C'est pourquoi je me garde de préjuger de mes réactions.

Cet interrogatoire est devenu une occasion pour parler de moi. J'ajoute également que j'ai un rapport affectif avec une femme qui vit loin d'ici. Nous parlons de tout mais pas du passé. En répondant aux questions de cet interrogatoire il me semble que j'explique aussi mon époque à cette femme qui ne me l'a pas demandé.

Hors d'ici, sans la contrainte de ce face-à-face, jamais je n'échangerais avec un inconnu au sujet de cette époque-là.

Q. Continuons avec cette hypothèse. Cet homme décide de rôder autour de vous, certain de ne pas être reconnu. Il peut vous avoir suivi de loin en montagne. Il ne sait pas encore ce qu'il veut faire de cette découverte. Peut-être pense-t-il à une occasion de rencontre.

R. Vous continuez à jouer avec les hypothèses. Quand arriverez-vous à la thèse ?

Q. Les hypothèses explorent, les thèses attendent le résultat de leurs explorations. Cet homme vous suit. Il se présente même au bar de votre pension. Il a peut-être entendu la serveuse dire que vous iriez sur la vire le lendemain.

R. Au début, c'était moi le malintentionné, maintenant c'est lui. Où voulez-vous en venir ?

Q. Je vais vous le dire. Cet homme sur la vire du Bandiarac vous a précédé intentionnellement, en sachant que vous iriez à cet endroit. Et, une fois arrivé, il s'est retourné et il est venu au-devant de vous. Vous vous êtes trouvé en face de lui et vous n'avez pas compris ce qui se passait jusqu'à ce qu'il vous dise son nom. Il était là pour mettre à l'épreuve votre réaction dans un endroit inévitable. Il vous avait traqué. À quelle réaction s'attendre? Tout était possible, de la lutte à la réconciliation. Vous avez réagi en sachant que se jouait la vie d'un seul ou celle de tous les deux. Que s'est-il passé, dites-le-moi?

R. Étant sûr, pour ma part, que ça n'est pas arrivé, je continue à ne pas savoir comment j'aurais réagi.

Q. J'insiste. C'est arrivé. Vous ne le suiviez pas, mais lui vous précédait. Vous me l'avez dit dans le premier interrogatoire que je suis allé relire. Vous me disiez déjà comment ça s'était passé : c'était cet homme qui vous précédait.

Que s'est-il passé entre vous deux, face à face sur la vire? Vous avez compris que de là on ne revient pas à deux et qu'un corps-à-corps vous aurait fait chuter ensemble. Que faire? Dites-le-moi.

R. Dites-le, vous qui le savez déjà.

Q. Vous vous êtes penché pour ramasser une pierre. Mais vous n'avez pas pris de pierre, n'est-ce pas ?

R. Non ? Qu'est-ce que j'ai pris ?

Q. Ce fut plus pratique et plus rapide. Vous avez pris une poignée de poussière et vous la lui avez jetée à la figure. Il ne voyait plus rien. Le temps qu'il se nettoie les yeux, vous l'avez poussé et il a basculé dans le précipice.

R. Vous avez un talent de narrateur. Suivez les traces de certains de vos collègues qui se sont mis à écrire des romans policiers avec de bons bénéfices à la clé. Celui-ci, vous pouvez l'intituler *Duel sur la vire*.

Q. L'autopsie a relevé des traces de poussière dans ses yeux. Celui qui tombe les ferme pour se protéger, il ne les garde pas ouverts. Je suis allé sur la vire avec votre ami guide de haute montagne, une expérience difficile pour moi. J'ai dû maîtriser ma peur. Votre ami est doué, il m'a assuré en m'attachant à lui, un petit pas après l'autre. Je suis arrivé à l'endroit où l'homme était tombé. J'ai ramassé de la poussière et tout se recoupe.

R. Vous exagérez maintenant. Vous avez découvert que la terre de cette montagne est la même sur la vire et dans le ravin. En tombant, ce corps s'est entièrement recouvert de poussière, d'humus, de petits cailloux. Vous parlez des yeux. Et vous n'avez rien trouvé dans les oreilles, le nez, la bouche? Vous vous entêtez dans votre hypothèse, mais si vous apportez cette poussière dans les yeux comme preuve au tribunal, vous devrez en apporter une provision pour en jeter dans les orbites des juges.

Q. Il est difficile d'arriver à un point de convergence avec vous. Je suis en train de vous dire qu'il s'agissait de légitime défense. Vous avez été plus apte à la mettre en pratique, c'est tout. Je vous offre une formule d'absolution.

R. À condition de me faire reconnaître un homicide. Les journaux en feront un scénario de film. Mais il faut mon approbation pour réaliser votre chef-d'œuvre. Faites-moi reconduire en cellule.

Q. Les journaux le font déjà. Je peux vous montrer toute une page du quotidien, votre photo, la mienne, la montagne. En isolement, vous n'êtes pas informé. Même si cela vous contrarie, ma notoriété est déjà établie, il n'est pas nécessaire d'y ajouter vos aveux. La curiosité publique est déjà focalisée sur l'affaire. Quoi qu'il arrive, vous êtes attendu hors d'ici. Votre anonymat n'est plus préservé, vous l'avez peut-être même perdu.

R. Il est à l'abri. Il suffit de ne pas collaborer à la publicité de cet accident. Les journaux oublient vite, ils passent au problème suivant.

Q. C'est vrai. Mais si nous allons au tribunal, avec votre position contre la mienne mise en débat public, la presse en fera tout un cirque. Votre position me donnera plus de visibilité et vous mettra en difficulté, transformant l'affaire en un duel entre l'accusation et la défense.

R. Doucement avec les duels : ils ont lieu à armes égales et sur le même plan. Entre accusateur et prisonnier, pas de duel ni de duo. Moi, je me bats pour mon nom et ma liberté, pas vous.

Q. Soit, pas de duel, mais vos aveux détourneraient l'attention et dégonfleraient l'affaire. Votre obstination la rendra retentissante. Cette fois-ci, je vous renvoie dans votre cellule en vous conseillant un autre sujet de réflexion. Vous pouvez en sortir indemne et vite, si vous décidez de partager la thèse de la légitime défense. C'est moi qui serai alors votre avocat de la défense, en montrant que vous n'aviez pas d'autre choix dans cette circonstance.

R. Vous devrez du moins prouver que cet homme avait l'esprit assez tordu pour projeter ce genre de rencontre.

Q. Je suis en bonne voie. J'ai fait voir la photo de l'homme à la femme de chambre de votre pension, Mme Lavinia. Il n'est pas impossible qu'elle l'ait servi. Vu la publicité qui est en train de monter, il sera facile de la convaincre de faire un effort pour que la mémoire lui revienne totalement.

Vous savez que les souvenirs sont des reconstructions. Un enquêteur doit les faciliter.

Cet homme est venu dans votre pension, au bar. Une fois cela établi, nous écartons définitivement la rencontre fortuite sur la vire.

R. Vous l'écartez, vous qui forcez un témoignage. Un tas de clients passent dans ce bar, il est pratique, il y a un parking. Et puis, pourquoi cet homme se serait-il fourré dans cet imbroglio au péril de sa vie?

Q. Entrons dans sa personnalité. Pendant des années, il a fait partie du programme de protection, sous une autre identité, dans un autre lieu de résidence. Pendant des années, il a eu peur de tomber sur des hommes comme vous. C'est alors qu'il croise un de ceux qu'il a dénoncés, sans être reconnu. La situation se renverse, il peut suivre ses traces, dans un certain sens il peut le prendre en chasse. Il n'a plus rien à craindre. Il peut même penser à un endroit où le rencontrer face à face. C'est une libération. Sortir à découvert après des années de vie cachée.

Son caractère était déjà original

quand il appartenait à votre stricte organisation. La seule coïncidence que je suis disposé à prendre en considération c'est que vous avez tous les deux la même attirance pour la montagne et la même habitude d'y aller seuls.

Quant au désir de rencontrer de nouveau un des camarades de l'organisation, il ne s'agit pas d'un fait unique. En tant que magistrat, je connais des cas semblables, de collaborateurs de justice qui rencontrent leurs camarades d'autrefois et les affrontent. Ils sont alors affaiblis, brisés par de longues incarcérations. Leur réaction est passive. Surpris, ils ne réagissent pas sur le moment. Mais vous, vous avez eu le temps de surmonter votre surprise, de saisir l'opportunité que vous offrait cette rencontre dans un lieu isolé.

Ou bien il s'est passé autre chose : lors d'une rencontre fortuite dans la vallée, il a cru que vous l'aviez reconnu et que vous aviez feint le contraire. Il a alors exclu le cas fortuit, il a pensé que vous le traquiez. La reconstitution des derniers déplacements a permis de constater un changement d'adresse il y a un an environ, au retour de vacances à la montagne.

R. De qui, moi ?

Q. Non, lui. Il s'est dépêché de changer de domicile et figurez-vous qu'il s'est rasé les cheveux et qu'il s'est laissé pousser la barbe, depuis un an, d'après ses relations.

Craignait-il d'avoir été reconnu un an plus tôt en Val Badia ?

R. Il revient sur ses pas ? À ma poursuite ?

Q. Vous avez reconnu cet homme il y a un an.

R. Je ne reconnaîtrais même pas mon ombre.

Q. Vous l'avez reconnu mais vous avez fait mine de rien. L'autre a compris et s'est enfui, il a changé d'adresse et d'apparence. Ainsi transformé, il est revenu cette année et s'est mis à vous suivre. Vous avez parlé au bar de votre intention d'aller sur la vire. Vous l'avez fait exprès pour qu'il vous entende ? Vous l'avez reconnu même ainsi transformé ?

R. Mais non, au bar je bois ma bière à

une table, pas au comptoir. Avec Lavinia, j'échange deux mots. Je ne dis pas où je vais. Je passe pour un spécialiste et j'essaie d'éviter qu'un client de la pension ne demande à venir avec moi.

Q. Il me reste à trouver qui de vous deux a voulu cela. À propos, cet homme était armé d'un couteau, retrouvé juste au pied de la vire. Il l'avait en main devant vous? Vous emportez un couteau quand vous allez en montagne?

R. Non. J'ai déjà dit ce que je mets dans mon sac à dos.

Q. Vous vous êtes rencontrés en montagne. Il faut que je comprenne duquel des deux vient l'initiative et quelle était son intention. Je crois comprendre que l'exposition au danger dans ce territoire isolé vous autorise, vous les alpinistes, à un code différent. Deux personnes qui en ville se feraient un procès peuvent s'entre-tuer en montagne. Mais ce n'est pas le Far West, la montagne est un territoire soumis à la même juridiction qu'ailleurs.

R. C'est juste, il s'agit d'un territoire à part. Les habitants des villages alpins règlent leurs différends à l'ancienne sans y mêler les lois et la force publique. Ne prenez pas trop au sérieux le pouvoir de l'État que vous représentez.

Q. Je dois le prendre au sérieux. L'État est la raison pour laquelle le citoyen délègue l'exercice de la force. C'est l'État qui s'occupe de faire respecter les lois et de réparer les torts. Ceux qui transgressent et agissent par eux-mêmes en montagne ne pratiquent pas leur propre justice, mais commettent un crime.

L'État convient à tous. Même les révolutionnaires qui prennent le pouvoir conservent l'État. Nul n'a le droit de se faire une justice sur mesure. Vous êtes ici parce que je vous soupçonne de cette violation. La montagne n'est pas un espace à législation atténuée.

R. Vous ne la connaissez pas. Vous ne connaissez même pas le lieu où vous enfermez vos suspects. De mon point de vue, vous ne savez rien. Mais vous avez le pouvoir de décider même sans connaître.

C'est le parfait objectif du pouvoir, arriver au plus haut degré d'incompétence et décider de tout. Je vois la société comme une construction faite de matériaux de plus en plus mauvais au fur et à mesure qu'elle progresse vers le haut.

Vous vous comportez comme si vous saviez de quoi il retourne. Mais c'est une fiction, la vôtre et celle de la fonction que vous occupez.

Q. Vous avez beau vous convaincre qu'il s'agit d'une fiction, pour moi, c'est bien la fonction que l'État m'assigne.

R. Mettez-le sur un autel pour en faire une idole. Il vous offre un salaire et vous paiera une bonne retraite. Je reste laïc face à l'État, je ne partage pas ses liturgies.

Q. Vous dites que je suis un idolâtre de l'État. Je me définis au contraire comme un idéaliste. Je crois dans l'État et ses institutions. Je suis un fonctionnaire, pas le prêtre d'un culte. Mais c'est amusant que vous inversiez les rôles : vous, idéaliste d'une révolution ratée, vous vous affichez comme un cynique réaliste.

R. Belle conversation philosophique, elle irait bien dans un salon. Mais nous ne sommes pas dans un salon. Je suis venu ce matin les poignets attachés et je m'en irai comme ça. Vous pouvez oublier ces détails, pas moi.

Q. Cet interrogatoire prend parfois la forme d'un débat, mais mon but reste celui de prouver les faits et de vérifier les hypothèses criminelles.

Je n'oublie pas votre condition de détenu. L'avocat de la défense derrière vous, le procès-verbal des questions et des réponses sont là pour rappeler ce que nous faisons ici. Et c'est ici que nous nous arrêtons.

Réfléchissez à tout ça. Vous feriez mieux de me donner la version de la légitime défense, une de celles que je vous ai exposées. Toutes les deux me conviennent. Peu importe comment les faits se sont réellement déroulés, si l'on arrive à une vérité procédurale.

Mais si vous continuez à nier, c'est moi qui en choisirai une : c'est lui qui cherchait l'affrontement ou bien c'était vous. Notre prochain entretien sera le dernier, puis je clôturerai l'enquête et je transmettrai les actes.

Ammoremio, *je dois encore avoir une conversation avec le magistrat et puis ce sera fini, d'une façon ou d'une autre. Il semble que l'affaire intéresse les journaux. Il insiste pour que je passe aux aveux, ce serait de la légitime défense et je serais acquitté. Il est important pour moi de savoir ce que tu en penses. Quel comportement attends-tu de moi ? À ma sortie, tu m'embrasserais ou tu dirais que tu es déçue ?*

Je ne peux pas te le demander, je dois y arriver en pensant à toi. Je sors après avoir reconnu que je me suis battu avec cet homme et que je l'ai fait chuter dans le vide. Ou bien je ne sors pas, je continue à nier la rencontre, je vais au procès et je suis peut-être condamné.

Comment réagirais-tu ? Je ressasse. Je ne te connais pas assez pour prévoir comment tu accueillerais mes aveux. Mais je crois savoir comment tu prendrais mon refus d'un compromis avec l'accusation. Oui, je crois le savoir : tu serais d'accord avec moi.

Je choisis de continuer comme je l'ai fait jusqu'à présent.

Merci de m'avoir secondé dans ce choix. Si je dois aller au tribunal, je souhaite que tu ne viennes pas là non plus. Me voir inculpé, avec les journalistes autour du dernier Peau-Rouge sorti des réserves pour se venger du visage pâle.

Inutile de spéculer, une chose à la fois.

Aujourd'hui, le magistrat cherchait des photos. Il n'en a trouvé ni chez moi ni dans mon téléphone. Celles de mon passé n'existent pas et les rares photos de mes parents ont été saisies au temps des perquisitions et des arrestations de masse. Elles ont été perdues.

Celles de toi et moi, je les ai tirées et effacées ensuite de mon téléphone. Je les ai cachées. Personne ne doit me prendre celles de nous deux.

J'ai dit au magistrat que je n'aimais pas les visages qui sourient dans le vide sur les photos. Ce n'est pas vrai. Ton visage me sourit même quand il est sérieux. Ton visage émet de la lumière même dans le noir.

Je t'ai tenue à l'écart des questions et des perquisitions. Sur les photos du début du XXe siècle les visages ne sourient pas. Ils sont comme rengorgés et aussi effrayés qu'on prenne leur portrait. Quand apparaissent les sourires sur les photos ? Quand devient-on des sujets désinvoltes ? Avec les affiches de cinéma, pour imiter les acteurs ? Drôles de questions, je te les pose, peut-être sauras-tu y répondre.

Bilan provisoire de cette période : j'ai perdu deux boutons et une dent. Ils étaient déjà branlants avant.

J'ai un peu maigri, là-dedans la cuisine est diététique pour décourager.

Quand on me conduit auprès du magistrat je dois tenir mon pantalon. Je traîne mes chaussures parce qu'on enlève les lacets. Ceinture et lacets sont interdits ici.

Ces petits désagréments peuvent humilier, mais ce n'est pas mon cas. Ce sont eux qui devraient être gênés de mettre un homme dans cette situation. Ils n'ont pas l'air d'en être affectés, et donc moi non plus. Pour les humiliations, nous sommes à égalité. En attendant, elles me rappellent que j'appartiens à un corps.

Au cours de mon incarcération précédente, les magistrats venaient faire les interrogatoires en prison. Il était trop compliqué d'organiser des escortes adaptées au transfèrement de détenus dangereux tels que nous étions considérés, nous les politiques. Mais à présent, on m'emmène dans le bureau du magistrat et on me ramène ensuite. Ils serrent mes poignets dans un instrument en fer qui remonte à des temps très reculés. Ce sont des objets de magasins d'antiquités. Avant de les avoir aux poignets, j'avais cherché par curiosité dans les ventes sur Internet et on en proposait une paire d'occasion au prix de 70 euros.

Le personnel d'escorte me passe ces fers dans la cellule et avec une petite chaîne ils m'emmènent en promenade derrière eux. Quand j'étais jeune, je les trouvais lourds, moins maintenant. Je dois être plus entraîné. À présent, ils sont ridicules, comme si on me mettait des gants blancs.

Ils servent à empêcher le prisonnier de s'enfuir, m'explique un jeune qui m'escorte et qui veut se montrer respectueux envers l'ancien. Vous avez raison, lui dis-je, je suis un fugitif depuis des générations. J'invente que mon père s'est évadé d'une prison fasciste et mon grand-père d'une prison des Bourbons. Les époques ne correspondent pas mais, aujourd'hui, l'histoire est une discipline scolaire évaporée.

Ainsi, bien menotté, j'entre dans le fourgon et je traverse la ville. Je ne la vois pas, il n'y a pas de vitre dans la petite cage intérieure. Je l'entends, les moteurs, les sons, les voix. Je suis un plongeur enfermé dans son scaphandre et je traverse un aquarium.

Aujourd'hui, il y avait un peu de circulation, il pleuvait et les automobilistes klaxonnaient nerveusement. Leur impatience m'a fait sourire. Moi, je suis dans le temps et dans le temple de la patience pure. Sur la porte de la prison on devrait écrire cette variante de la phrase que Dante lit à l'entrée de l'Enfer : « laissez toute impatience vous qui entrez ».

C'est ce qui se passe, car en prison le temps se passe. On vit dans une cellule comme des hôtes du temps.

C'est pourquoi ces sorties menotté au milieu de la ville et de ses impatients sont une distraction et je me surprends à sourire. Le jeune de l'escorte me regarde et hoche la tête. Il doit penser que je suis cinglé.

En attendant, je ne t'ai pas remerciée du livre que tu m'as offert ce printemps, les leçons de cinéma de Sidney Lumet. Je suis devenu un meilleur spectateur grâce à lui. Maintenant je vois des écrans là où il n'y en a pas. La pièce qui m'entoure est en accordéon. Pendant des heures elle se dilate et les croûtes du crépi se couvrent de paysages. Je fixe un centimètre et il devient une vallée. Puis, pendant des heures il se referme comme un casse-noix. L'ampoule s'éteint, l'obscurité efface les choses qui m'entourent, ainsi les autres arrivent de loin.

Dans ce moment de choix fait ensemble, la pièce est large et je respire profondément.

Q. Nous reprenons l'interrogatoire en présence de l'avocat de la défense.

Je confirme que c'est le dernier, puis je clôturerai l'enquête.

À partir d'aujourd'hui, vous sortez de l'isolement. Ou vous serez transféré au quartier central avec les autres détenus ou vous sortirez en liberté provisoire. Le choix de votre situation procédurale décidera laquelle de ces deux possibilités sera privilégiée.

Ces jours-ci, je me suis de nouveau promené en montagne, dans ces Dolomites que, jusque-là, je voyais seulement de la vallée. Je découvre que j'aime ça et je vous comprends un peu, vous les alpinistes. Je me concentre mieux en marchant en montée, je rassemble mes idées.

J'ai pensé à vous. Je peux dire que je me suis fait accompagner par vous. Je suis arrivé tout seul au sommet du mont

La Varella, en suivant le sentier sur la carte.

Je croyais que j'aurais le vertige, car le vide m'incommode quand je me penche d'un balcon. Mais, en montant pas à pas, en regardant bien par terre comme vous me l'avez conseillé, en respirant à un rythme régulier, je n'ai pas eu le vertige.

J'ai découvert que la descente est plus difficile, parce que le vide est devant, au milieu des pas. Bref, j'ai appris quelque chose d'utile pour moi et pas seulement pour l'enquête.

Du reste, il en est ainsi pour chacune de mes affaires judiciaires. Les délits se répètent, les articles du Code pénal sont les mêmes, mais pas les personnes. Elles sont des variantes uniques et elles sollicitent un nouvel aspect de moi-même. Elles me mettent à l'épreuve et je peux dire comme vous que moi aussi j'improvise.

Je crois que l'expérience consiste justement à se laisser surprendre, en inventant une approche imprévue. L'expérience n'est pas un catalogue de réactions déjà prêtes, elle consiste au contraire à faire confiance à l'improvisation.

J'en viens à ma question : les montagnes

que vous m'avez conseillées vous manquent-elles ?

R. Je les ai escaladées, certaines plusieurs fois. Pour d'autres, j'ai fait marche arrière. Je ne me ronge pas les poings dans l'attente de me remettre en route.

Contrairement à vous, je les ai eues sous la main. Si vous étiez enfermé à ma place, elles vous manqueraient par désir d'en ajouter de nouvelles à la première. J'étais comme ça au début, il m'en fallait toujours plus.

Maintenant, celles que je pourrai encore escalader ne me manquent pas. À mon âge, la prison prive de peu. Une peine appropriée serait de retirer les montagnes de mon passé, de les effacer de mes mains, de ma respiration. Mais elles sont en sécurité dans la soute de mes sens. Votre pouvoir sur moi se limite au petit présent.

Q. Vos réponses me font comprendre que la vieillesse est un avantage déloyal sur celui qui est plus jeune.

R. Dans le cas de la prison, oui. Mais ne soyez pas pressé d'obtenir mon avantage. Profitez du désavantage de la jeunesse. Pourquoi serait-il déloyal?

Q. Il ne dépend pas du mérite, mais de la chance, bonne santé comprise.

R. Alors la vie est déloyale.

Q. Vous ne le pensez pas vous aussi? Elle reproduit et ne réduit pas les inégalités, elle les mêle au petit bonheur. Quel mérite avez-vous d'être plus vieux?

R. Je ne vous suis pas. Moi je suis un cas, il y en a de pires. Je crois être dans la moyenne des cas nés avant, donc candidats à mourir avant. En ce moment, je reconnais l'avantage que j'ai sur vous. Je disparaîtrai bientôt avec cet avantage et ce sera à vous de profiter d'une durée plus longue. Je suis en fin de service et je n'envie pas ceux qui viennent prendre ma place.

Q. Bien, passons. Vous vous sentez plus compétent que moi dans ces entretiens. Allez-y, je n'ai pas à me distinguer.

Où en sommes-nous? Vous avez pris votre décision?

R. Non. Je n'avais pas à en prendre. Je me déclare étranger à cet accident. J'étais là par hasard et je me suis comporté en citoyen.

Q. C'est votre dernier mot?

R. C'était le premier et je vous le répète depuis un bon moment.

A. D. Je vous prie de m'excuser, je dois m'absenter quelques minutes.

Q. Faites donc, maître, nous suspendons le procès-verbal.

Q. Dans quelle matière étiez-vous le meilleur à l'école?

R. Je faisais deux bons kilomètres pour aller à l'école. Ma matière la plus forte était les chaussures.

Q. Vous étiez très bon en maths.

R. Vous avez lu mes bulletins de notes?

Q. Ça fait partie des recherches. Vous n'êtes pas toujours allé à pied. Vous y alliez aussi en scooter.

R. Je n'en ai jamais eu.

Q. Vous non, mais votre ami, oui. Il vous accompagnait.

R. Félicitations, vous êtes remonté à un moyen de transport vieux de cinquante ans.

Q. Votre ami n'était pas fort en maths. Vous l'aidiez?

R. Vous avez découvert notre petite combine. Je faisais ses devoirs en échange d'une place sur sa selle.

Q. Votre ironie ne me gêne pas. Votre combine n'a rien à y voir, vous étiez amis pour la vie.

R. Mais la vie est imprévisible.

Q. Il existe un signe mathématique qui est aussi un symbole : deux petits traits l'un au-dessus de l'autre signifient égal. Quand vous étiez jeunes, vous utilisiez ce symbole entre vous. Chez lui, j'ai trouvé ses cahiers de lycée attachés par un ruban, il y avait aussi des lettres et un journal. À l'époque on s'écrivait encore des lettres, vous ne signiez pas avec vos noms mais avec le signe égal, qui veut dire parité, égalisation.

R. Le signe égal ne veut dire ni égalité ni égalisation. Il veut dire équivalence, c'est-à-dire des valeurs personnelles sur lesquelles on établit une relation réglée par le signe des deux petits traits. L'égalité est une idée politique. En mathématiques, si deux nombres sont égaux, ils ne sont pas deux.

Q. Dans ces cahiers, il y avait deux écritures différentes. J'imagine que l'une était la vôtre.

R. Vous n'imaginez pas, vous le savez déjà.

Q. Vous aviez un rapport très étroit. Une page du journal relate votre ascension d'été au Gran Sasso, par une voie appelée Direttissima. Vous êtes descendus par le même chemin. Il écrit qu'il a été plus lent dans la montée, mais plus rapide que vous dans la descente. N'est-ce pas un exemple d'équivalence ?

R. En effet, mais je ne m'en souviens pas. Je suis monté et descendu tant de fois seul par cet itinéraire ces dernières années.

Q. Il écrit que vous étiez détachés, mais que vous marchiez devant parce que vous connaissiez déjà la Direttissima.

R. C'est possible, mais si je connaissais la voie avant lui, il n'y a plus d'équivalence.

Q. Il écrit que le vent s'était levé et que vous aviez froid.

R. Ça arrive. À l'époque on s'habillait simplement. On comptait sur notre rapidité.

Q. Il vous a proposé son coupe-vent que vous avez refusé.

R. Je n'en avais donc pas besoin. Quoi qu'il en soit, c'est vous qui m'apprenez l'existence d'un journal.

Q. Vous ne vous souvenez pas de vos premières excursions en montagne?

R. Il est regrettable qu'il existe un journal et que vous l'ayez lu. Je ne fais donc pas d'effort de mémoire. Les montagnes ne sont pas une collection de papillons, une escalade en efface une autre.

Quand vous aurez fini de creuser dans ces documents archéologiques vieux d'un demi-siècle, vous me direz ce que vous voulez en faire, une pièce de musée?

Q. Ce n'est pas de l'archéologie. C'est la reconstruction d'une relation d'amitié sincère à l'âge où se forment les affections définitives.

R. Je m'attends à ce que vous me disiez bientôt que nous étions fiancés.

Q. Ça n'ajouterait rien au cadre d'une entente exclusive entre vous. Mais ça m'explique quelle tempête d'émotions s'est déchaînée quand vous vous êtes rencontrés la première fois. Car il y a eu une première fois due à une pure coïncidence. Puis, il y a eu la dernière sur la vire.

R. J'attends la question.

Q. Il n'y en a pas. Telle est ma conclusion et je vous demande de l'admettre.

Je me suis glissé dans votre passé et

j'ai vraiment eu la sensation d'être un intrus. Je suis arrivé à ma conclusion avec le sentiment de violer une intimité, une étrange sensation pour un enquêteur.

J'ai fouillé dans la vie de deux personnes qui ont eu un échange d'une intensité inimaginable pour moi. Votre relation m'a ouvert une brèche pour comprendre la charge émotionnelle de votre génération. Et vous me l'avez permis. Je peux dire que vous m'avez accompagné dans le nœud inextricable de pulsions publiques et personnelles.

Je vous demande maintenant de parachever ma conclusion. Retirez les mains de votre visage et retirez par là même aussi l'obstacle qui cache la vérité.

R. Faites-moi reconduire en cellule.

Q. Une égalisation a eu lieu sur cette vire?

R. C'est une équivalence qui a été détruite. Faites-moi reconduire en cellule.

A. D. Je reprends ma place.

Q. Je vous informe que c'était ma dernière tentative. J'ai perdu, vous avez gagné. Je n'ai pas de preuves suffisantes à faire valoir au tribunal. Pour moi, votre culpabilité est certaine, mais impossible à associer à une vérité procédurale.

Impossible : je l'affirme aussi à propos de l'hypothèse que vous vous soyez rencontrés par hasard sur la vire. Et pourtant, il est impossible de prouver une rencontre préméditée.

J'avoue que j'ai forcé la dose avec vous, en profitant de votre renoncement à une défense professionnelle. Un avocat m'aurait arrêté avant. J'ai triché avec vous. Une expertise sur le visage de cet homme n'a pas été possible. Il n'a pas été retrouvé. Le corps s'est désintégré dans les centaines de mètres de chute. Les pluies ont fait le reste. L'équipe d'alpinistes a récupéré des morceaux, comme s'il avait explosé.

Si c'était un crime, il est réussi. Je capitule, mes capacités ont été inférieures.

Les vérités procédurales sont souvent des approximations, elles dépendent seulement de ce qui est écrit dans les actes. On admet donc des erreurs judiciaires. Mais ici, la vérité des actes à ma disposition est carrément opposée à la réalité. Pour moi, vous êtes coupable d'homicide, mais je dois vous libérer.

Vous allez bientôt repasser par la prison uniquement pour aller au bureau d'enregistrement pour les formalités de relaxe.

En attendant, je vais vous poser une question bizarre : vous connaissez Pascal, le mathématicien français qui s'est occupé froidement des rapports avec la divinité ?

R. J'ai lu quelque chose dans son livre de pensées, mais si vous m'interrogez de professeur à élève je serai recalé.

Q. Il utilise un argument suggestif : agir, penser comme si Dieu existait. Il adopte ce style de croyant : il prie, il aime, il se comporte comme s'il y était. Avec son « comme si », Pascal élève la fiction à une règle de vie. Son hypothèse n'en est pas une, parce que les hypothèses doivent être examinées et vérifiées. C'est justement une fiction choisie de parti pris, qui résout le rapport avec ce qu'il n'est pas donné de connaître.

Dans les interrogatoires, le magistrat agit au contraire en se fondant sur une hypothèse de responsabilité de l'inculpé. Il la vérifie et décide de poursuivre ou de disculper.

Avec vous, j'ai repensé à Pascal et à son choix de faire comme si. Je me trouve contraint de renoncer à la certitude de savoir et je suis donc hors du domaine de l'hypothèse. J'agis et je pense comme si vous étiez coupable de toute façon. C'est ma fiction. Vous aussi vous pratiquez la même fiction, vous agissez comme si elle n'en était pas une. Nous sommes arrivés au même point : nous sommes deux sceptiques par rapport à la vérité et nous réagissons à la Pascal, moi comme si, vous comme si non.

R. Sceptiques, dites-vous. Mais nous ne sommes pas allés dans un tribunal pour débattre à la même table. Vous rentriez chez vous, moi non, vous parliez avec d'autres, moi non, vous vouliez me faire avouer un homicide, moi non, vous étiez l'État, moi non. Le seul « comme si » que je peux imaginer c'est qu'en sortant d'ici nous faisions comme si nous ne nous étions jamais rencontrés.

Q. N'en rajoutez pas. Vous avez gagné.

R. Je ne gagne pas, il n'y avait rien à gagner. Il fallait se mettre à la hauteur de l'épreuve. Un proverbe oriental dit : quand les eaux montent, la barque doit en faire autant.

En montagne, le verbe « gagner », « conquérir », n'existe pas. Ce qui existe c'est l'égalisation entre ses propres forces et la difficulté de l'escalade.

Les semaines en cellule vingt-trois heures par jour n'ont pas été perdues. Je les ai utilisées au mieux de mes capacités.

Le verbe « gagner » peut vous concerner, pas moi.

Q. Quel effet cela vous fait-il de retrouver la liberté ?

R. Je suis resté libre. Ma liberté n'est pas à la portée de vos mesures de restriction. C'est la première bière que je goûterai dans le bar le plus proche qui me fera de l'effet.

Q. Un jour, une fois sortis de nos rôles actuels, pourrez-vous me raconter comment ça s'est passé ?

R. Même sortis de nos rôles, vous, vous resterez un magistrat.

J'en connais un qui rencontra à un dîner des camarades révolutionnaires avec qui il avait milité dans sa jeunesse. Ils évoquèrent de vieilles histoires.

Le lendemain, ce magistrat fit arrêter certains des participants de ce dîner. Ils avaient un peu trop parlé. Ce ne fut pas l'acte d'un infiltré. Ces camarades savaient qu'il était devenu magistrat. Ils avaient cru dans le lien de loyauté envers le passé. Ils s'étaient trompés : ce magistrat avait conclu un pacte avec l'institution qui le déliait des précédents.

En aucune occasion, vous et moi ne reviendrons sur cette histoire.

Q. Pas même en montagne? S'il nous arrive d'y aller ensemble, puisque c'est vous qui m'avez conseillé l'alpinisme?

R. Ne souhaitez pas me rencontrer en montagne, vu le chef d'accusation que vous essayez de démontrer.

Q. Alors, il faut que je vous dise quelque chose. Cet entretien a été mon avant-dernière tentative.

Je vous ai dit que vous étiez acquitté pour que vous baissiez la garde et pour me glisser dans vos défenses. Mais vous avez résisté aussi à ce cheval de Troie.

Je ne vous libère pas. Je vous renvoie en jugement pour homicide prémédité. Vous retournez en prison, dans la centrale.

R. Ce qui signifie que la bière est remise à plus tard.

Ammoremio, *je viens de te téléphoner et je n'ai rien pu te dire, à part que j'ai été relaxé.*

Les journalistes attendaient devant la prison, mais je ne les ai pas vus. Je suis sorti par une autre porte et devine qui m'accompagnait : le magistrat, celui qui m'interrogeait.

Il a tout essayé au cours de ces semaines. Sa dernière idée a été carrément théâtrale. Il a commencé par me dire qu'il m'acquittait, que j'avais gagné. Il n'avait pas de preuves suffisantes à produire au tribunal. Puis, il m'a demandé si un jour, hors d'ici, nous nous rencontrions librement en citoyens égaux, je pourrais lui raconter ce qui s'est passé. Je lui ai répondu non. Alors il a fait marche arrière : ce n'était pas vrai qu'il me libérait, il demandait au contraire mon renvoi en jugement.

Il a reconnu qu'il avait tenté l'expédient de l'acquittement pour que je me détende et que je craque sur certains points.

J'étais triste pour lui. Un homme de justice qui essaie de tromper un homme incarcéré. J'étais un pion de son échiquier qu'il n'arrivait pas à faire bouger, à déplacer. Alors, il fait croire que la partie est finie.

Comment se fait-il que je sois dehors ? Parce que l'acquittement était vrai. Je ne suis pas retourné en cellule, on m'a conduit au bureau d'enregistrement, on m'a rendu ce qu'on m'avait confisqué quand je suis entré.

J'ai retrouvé le magistrat au bureau d'enregistrement. Il m'a dit qu'il y avait des journalistes devant la porte d'entrée et qu'il me faisait sortir avec lui dans une voiture de service par une autre porte. Je ne lui ai pas demandé si c'était une nouvelle manœuvre de son invention. Cette sortie pouvait aussi être un stratagème. Mais c'était vrai, les journalistes attendaient bien devant la sortie principale, on était donc au courant de mon acquittement.

Il m'a demandé s'il pouvait m'accompagner quelque part. Je lui ai dit que je retournais en montagne. Nous nous sommes mis en route, puis il m'a demandé s'il pouvait dîner avec moi. Si chacun paie sa note, lui ai-je répondu.

Il m'a interrogé sur les montagnes. Encore des questions, mais d'une autre nature. Il utilisait le verbe latin « demander » pour « savoir », non pour « obtenir ».

Elles sont comme les livres, des rencontres. On ne se baigne pas deux fois dans la même eau, disait un philosophe grec, on n'escalade pas deux fois la même montagne, parce qu'elle est différente comme la lecture de Pinocchio *faite à dix ans et puis à cinquante.*

Pour les montagnes que vous escaladerez, je vous

ai dit d'éviter le verbe « faire ». Ne dites pas : j'ai fait celle-ci. C'est le monde qui s'est chargé de les faire.

Nous nous sommes arrêtés dans un petit resto. Il m'a interrogé sur le communisme. Pour lui, c'est une idée contre nature, car la possession est instinctive dans l'espèce humaine. L'enfant apprend tout de suite à dire : c'est à moi. Il l'a dit avec conviction, en redoublant le m, *c'est à mmoi. Comment le communisme peut-il prétendre réprimer cette impulsion naturelle ? Le raisonnement lui semblait inattaquable.*

À la télé, on passait une émission de quiz.

Le communisme ? Ce n'est pas une question, c'est une réponse. Je lui ai donné mon point de vue tandis que la bière coulait dans ma gorge comme une bénédiction. J'ai laissé échapper un rot, il a ri, en disant que c'était un bon début de réponse.

J'ai donné ma version. Il existe de nombreux instincts naturels chez l'enfant. Il dit « c'est à moi » même pour un jouet qui ne lui appartient pas. Il essaie, il cherche ses limites, le cadre de ce qui lui est permis.

Puis il lâche brusquement la main qui le tient et court par instinct de liberté, mais on le retient avant qu'il se fasse renverser par une voiture.

Par instinct, il vide son intestin dans son lit, on lui apprend à ne pas le faire. Nous sommes une espèce qui canalise les instincts. Le communisme est une éducation à l'égalité des conditions de base et de départ.

Il n'est pas nécessaire que les moyens de production de marchandises, de services, soient dans les mains de personnes privées, de celles qui facturent le pronom « mien ». Ils peuvent être publics.

Des naufragés sur une île déserte pratiquent la division de l'indispensable en parts égales. C'est une façon d'éviter de se tuer mutuellement.

J'avais l'impression de parler à un enfant. Il m'écoutait avec attention et avec étonnement aussi.

Entre-temps, nous avions choisi nos plats, lui des papardelles à la sauce tomate, moi des spaghettis à l'ail, huile et piment.

Nos assiettes sont arrivées, il a ajouté du poivre et moi j'ai émietté un autre piment sur mes spaghettis. Comme d'habitude, je l'ai passé aussi sur mes yeux avec les doigts.

Je lui ai parlé du sentiment de la fraternité. Elle est avec la liberté et l'égalité dans la devise de la Révolution française, mais elle est différente. On se bat pour obtenir ou pour défendre une liberté, une égalité. Pour la fraternité, on ne peut pas.

Qu'est-elle donc alors ? C'est le sentiment qui réunit les fibres d'une communauté, en renforce l'union et produit l'énergie nécessaire afin de se battre pour la liberté et l'égalité. La fraternité est un sentiment politique par excellence. Elle n'exclut personne. Un manifeste du peuple kurde dit que la victoire ne dépend pas du nombre d'ennemis tués, mais du nombre de ceux qui se sont ralliés. L'ennemi aussi peut faire partie de la fraternité.

Mais aucun programme ne peut la construire, si elle ne se produit pas toute seule.

Le communisme est une fraternité. Quand il la

perd, il cesse immédiatement et se change en hiérarchies et en nouveaux privilèges.

La bière et les spaghettis chauffaient mon haleine, je parlais à voix basse sous le bourdonnement du local. Lui s'efforçait de m'écouter, il se penchait en avant. Peut-être avait-il un dictaphone. Il ne m'a pas demandé de parler plus fort.

Il y avait chez lui une curiosité personnelle qui me poussait à lui faire connaître mon point de vue, mais il restait un magistrat. J'étais à l'abri de ce qui était arrivé à ces camarades qui avaient raconté une vieille histoire lors d'un dîner en présence d'un des leurs devenu magistrat. Le lendemain, il les avait fait arrêter.

Pour moi, le passé est bien ainsi, muet et planté comme un clou dans le bois.

Il a réfléchi, puis il m'a dit : « Vous parlez de liberté, égalité, fraternité. Pour moi, le mot-clé est justice. Je vois l'histoire des sociétés sous cet aspect. On se bat pour une justice subdivisée en parts égales et c'est ce qui produit la liberté. C'est toujours la même vieille histoire, vous ne pensez pas ? »

Je lui ai répondu – qui sait avec lequel de nous deux tu es d'accord.

« Vous avez le bon âge, moyen, pour dire cette phrase sur la même vieille histoire. Pour ma part, c'est ainsi que je vois les choses : c'est toujours la même nouvelle histoire. Je le sais en tant que lecteur, je lis des variantes d'histoires déjà racontées, des histoires d'amour, de voyages, d'exils, de souffrances, de découvertes. Ce sont des variations sur un thème, et donc nouvelles.

« La vie me fait le même effet. Elle renouvelle ses répétitions et sa capacité d'agir sur les détails dans le cadre fixé au mur m'émerveille. L'âge avancé permet de percevoir à l'intérieur d'une cellule d'isolement les nuances d'heures uniques. Je sais qu'un jour je me souviendrai avec affection de ce temps arrêté. »

Puis le local a commencé à se vider et nous avons payé, chacun sa part. Le restaurant a des chambres pour la nuit, j'en ai pris une.

Avant que nous nous séparions, il m'a demandé s'il pouvait me serrer la main. Je lui ai dit que je regrettais, mais que pour moi c'était non.

« Je comprends, a-t-il dit. Jusqu'au bout, vous n'avez pas voulu m'aider à trouver la vérité. C'est votre droit, puisqu'elle comportait un préjudice. Je vous le demande seulement par curiosité : avez-vous été près de me la dire ? »

Je lui ai répondu non.

« Donc, il y en avait une », a-t-il ajouté. Et puis, debout devant la porte du restaurant, il m'a demandé si j'avais laissé entendre quelque chose qui lui avait échappé. Je lui ai répondu qu'il arrive continuellement qu'on laisse des traces, parce que nous sommes une espèce qui veut en laisser.

« Ce soir ? » m'a-t-il demandé. J'ai écarté les bras et je lui ai tourné le dos, bonne nuit.

Vous m'avez dit que vous aimiez le tennis, moi c'est le foot. Le rôle que je préfère est celui de l'arbitre. Quand j'étais petit, j'étais fasciné par son renoncement à jouer, sa course à vide au milieu des joueurs.

Il était là pour que le match soit loyal. La seule chose incongrue c'était son sifflet, le même que celui d'un agent de police. Il vaudrait mieux un autre son, même une cloche. Je me détournais du match pour suivre l'arbitre. Il n'était pas au-dessus des équipes, il se trouvait au milieu, sans aucune vision panoramique. Il était sifflé et courait des risques. Il ne pouvait pas sourire, profiter.

Je pense encore aujourd'hui qu'assurer le rôle d'arbitre doit être l'objectif et la fonction de l'État, il permet aux participants de se comporter dans les règles. C'est naïf de ma part, je vois bien les inégalités. Mais je continue à être un supporter de l'arbitre.

J'ai passé plus de la moitié de ma vie à étudier

le droit pour pratiquer la justice avec le plus d'exactitude possible. Le code n'est pas aride s'il cherche l'équilibre des poids sur les plateaux de la balance. Je considère mon travail comme un devoir civique. J'ai pour la justice une dévotion que d'autres expriment à travers la foi.

Ces dernières semaines, je me suis confronté à une autre volonté de justice qui a prétendu dicter une loi. Votre jurisprudence a échoué, mais je ne la rabaisse pas pour autant au niveau de l'utopie. Quand des critères de justice bouleversent la vie des gens, en leur faisant purger des peines de plusieurs années, on ne peut parler d'utopie. Il y a eu de votre part la pratique d'une autre réalité. Vous vous êtes persuadés que vous possédiez une justice opposée. Vous l'avez mise en œuvre sans profit.

Aujourd'hui, les prisons sont remplies uniquement de détenus condamnés pour des faits commis par profit personnel aux dépens des autres. Les peines que vous avez purgées pour un mobile bien différent relèvent d'un cas juridique tout à fait incompréhensible de nos jours.

Votre interrogatoire m'a mis face à un concurrent de ma foi dans la loi. J'ai dû remonter aux raisons profondes de ma vocation pour m'opposer à votre volonté d'une autre justice, qui a finalement échoué.

Au bout du compte, personnellement, je me suis renforcé dans mes convictions. Et officiellement, j'ai été battu. Ce n'est pas une exception, la justice à laquelle je m'identifie subit plus d'échecs que n'en signalent les statistiques des délits impunis.

La raison de cette lettre écrite et envoyée par la poste est tout autre. Vous m'avez aidé à éclaircir les circonstances, du moins avec moi-même. Vous m'avez fourni des indices inutilisables comme preuves, mais utiles pour m'expliquer du moins le déroulement de votre rencontre à tous les deux. C'est le résultat d'interrogatoires qui sont souvent sortis du sujet et du rituel.

Ammoremio, *j'ai reçu une lettre du magistrat quelques jours plus tard, écrite au stylo sur une feuille de cahier. Il m'a écrit qu'il avait compris, en repensant avec obsession à notre conversation au restaurant. Il avait compris.*

Il y a sans doute eu de ma part une concession à ses efforts. J'ai été disposé à lui raconter certains faits, en lui révélant mon caractère. J'ai dû aller dans son sens par certains détails. Il a eu une intuition un soir en dînant. Je te recopie ses phrases.

Il y a en vous un mélange de détermination et de désespoir que j'ai rencontré pour la première fois. Ce n'était pas de la poussière que vous avez lancée à la figure de cet homme sur la vire. Je ne vous demande pas de confirmation, je désire seulement vous faire connaître ma conclusion. Elle n'a aucun effet, elle ne rouvre rien, le cas reste clos et cacheté. Ce soir, en dînant, j'ai saupoudré une épice sur mon assiette. J'ai ensuite passé distraitement les doigts sur mes yeux. J'ai fait un saut sur ma chaise. J'ai compris.

Je dois vous remercier de m'y avoir fait penser, je n'y serais pas arrivé tout seul.

Sur cette vire, vous avez pulvérisé dans les yeux de cet homme une solution au piment avec un pistolet en plastique, en vente libre. Et vous n'avez peut-être pas eu besoin de le pousser.

Le lendemain, le premier sans barreaux aux fenêtres, je suis retourné sur la vire. Nous sommes au cœur de l'automne, l'humidité et le froid tassaient le sentier, réduisant le risque de glisser. Les pas crissaient, l'air dégagé de nuages et de vent faisait monter mon souffle et le remplissait. Je voulais reprendre là où j'avais été interrompu. Je ne sais pas ce que je cherchais, je voulais simplement être là.

Je n'étais pas là pour revenir sur le lieu d'une chute et d'une accusation. Je me suis arrêté avant.

J'ai atteint un escarpement et j'ai vu de loin une petite horde de chamois. J'ai pris mes jumelles. Deux mâles les cornes baissées se battaient pour leur suprématie. Ils résolvent leurs problèmes par des duels.

Ils fonçaient l'un sur l'autre dans des pentes qui m'auraient fait chuter dans le vide. Je suis resté pour regarder le combat. Les femelles attendaient plus haut.

Les deux mâles étaient peut-être des frères, grandis ensemble et puis séparés à l'âge des éloignements. Dans les petites hordes, il arrive qu'ils se battent entre consanguins.

Dans le silence d'une journée immobile, j'entendais le halètement lointain de leurs souffles. C'était un rendez-vous fixé par leurs corps, leurs hormones réagissaient à l'odeur de la brève fertilité des femelles.

Les deux mâles s'étaient croisés plusieurs fois pendant l'année, en s'ignorant. En ce moment précis, ils étaient en revanche inévitables l'un pour l'autre.

Il existe une loyauté spontanée dans la vie animale. Leur bagarre me régénérait en me reliant aux lois de la nature.

Des lois ? Cette nature n'avait pas de lois, elle répondait à des impulsions. Y voir un code c'était mal la comprendre, vouloir qu'elle nous ressemble. J'aurais aimé, au contraire, ressembler à un de ces deux-là, me battre pour le droit à procréer, lutter pour les naissances. Leur affrontement obéissait au fruit de l'avenir. À ce moment-là et peut-être à n'importe quel autre, ces deux-là ignoraient le passé.

Les chamois ne s'arrêtent pas aux premiers assauts, aucun ne se rend avant la défaite, au prix de la vie. À la fin, le plus fatigué se trouverait plus bas et subirait la charge d'en haut.

C'est ce qui s'est passé, un choc final. Mais les cornes se sont encastrées et ils ont roulé ensemble.

Je les ai vus rebondir dans leur chute et disparaître. Le bruit étouffé de deux corps qui tapaient sans un cri.

J'ai éloigné les jumelles de mes yeux, revoyant les choses à la bonne distance.

Les femelles avaient quitté la vire, à nouveau dégagée. Le duel n'avait laissé aucune trace. La page d'un livre contenant la vie s'était ouverte et refermée. Disparue également la ferveur qui l'avait écrite.

J'ai rebroussé chemin par l'étroit sentier entre la paroi et le vide. Je me suis aperçu que mon souffle s'était mis à chantonner.

Je ne voulais pas être un de ces deux-là, je voulais continuer.

DU MÊME AUTEUR

Aux Éditions Gallimard

TROIS CHEVAUX, 2001 (Folio n° 3678 ; Folio Bilingue n° 204).

MONTEDIDIO, 2002, prix Femina étranger 2002 (Folio n° 3913 ; Folio Bilingue n° 230).

LE CONTRAIRE DE UN, 2004 (Folio n° 4211).

NOYAU D'OLIVE, 2004 (Arcades n° 77 ; Folio n° 4370).

ESSAIS DE RÉPONSE, 2005 (Arcades n° 80).

LE CHANTEUR MUET DES RUES, *en collaboration avec François-Marie Banier*, 2006.

AU NOM DE LA MÈRE, 2006 (Folio n° 4884).

COMME UNE LANGUE AU PALAIS, 2006 (Arcades n° 86).

SUR LA TRACE DE NIVES, 2006 (Folio n° 4809).

QUICHOTTE ET LES INVINCIBLES, *spectacle poétique et musical avec Gianmaria Testa et Gabriel Mirabassi*, 2008 (Hors série DVD).

LE JOUR AVANT LE BONHEUR, 2010 (Folio n° 5362).

LE POIDS DU PAPILLON, 2011 (Folio n° 5505 et Folio Bilingue n° 193).

TU, MOI, 2011 (Folio n° 5207).

ACIDE, ARC-EN-CIEL, 2011 (Folio n° 5302).

ET IL DIT, 2012 (Folio n° 5671).

ALLER SIMPLE, 2012.

EN HAUT À GAUCHE, 2012 (Folio n° 5491).

PREMIÈRE HEURE, 2012 (Folio n° 5363).

LES POISSONS NE FERMENT PAS LES YEUX, 2013 (Folio n° 5847).

LE TORT DU SOLDAT, 2014, prix Jean Monnet de littérature européenne 2014 (Folio n° 6028).

LA PAROLE CONTRAIRE, 2015 (Folio Le Forum n° 6207).

HISTOIRE D'IRÈNE, 2015 (Folio n° 6275).

LE CAS DU HASARD. ESCARMOUCHES ENTRE UN ÉCRIVAIN ET UN BIOLOGISTE, *en collaboration avec Paolo Sassone-Corsi*, 2016 (Arcades n° 111).

LE DERNIER VOYAGE DE SINDBAD, 2016 (Le Manteau d'Arlequin).

LE PLUS ET LE MOINS, 2016, prix du Livre européen 2016 (Folio n° 6482).

LA NATURE EXPOSÉE, 2017 (Folio n° 6571).

UNE TÊTE DE NUAGE, 2018.

LE TOUR DE L'OIE, 2019 (Folio n° 6845).

EUROPE, MES MISES À FEU, 2019 (Tracts n° 2).

IMPOSSIBLE, 2020, prix André Malraux 2020 (Folio n° 7148).

ALLER SIMPLE *suivi de* L'HÔTE IMPÉNITENT, 2021 (Poésie/Gallimard n° 559).

DIABLES GARDIENS, 2022.

Dans la collection « Écoutez lire »

LE CONTRAIRE DE UN, 2004 (1 CD).

LE POIDS DU PAPILLON, 2012 (1 CD).

IMPOSSIBLE, 2020 (1 CD).

Chez d'autres éditeurs

UNE FOIS, UN JOUR, *Éditions Verdier*, 1992 (repris sous le titre PAS ICI, PAS MAINTENANT, Folio n° 4716, et sous le titre PAS ICI, PAS MAINTENANT / NON ORA NON QUI, Folio Bilingue n° 164).

UN NUAGE COMME TAPIS, *Éditions Rivages*, 1994 (Folio n° 5910).

REZ-DE-CHAUSSÉE, *Éditions Rivages*, 1996.

LES COUPS DES SENS, *Éditions Rivages*, 1996.

EN HAUT À GAUCHE, *Éditions Rivages*, 1998.

ŒUVRE SUR L'EAU, *Éditions Seghers,* 2002.

ALZAÏA, *Éditions Rivages,* 2002.

LES SAINTES DU SCANDALE, *Éditions Mercure de France,* 2013 (Folio n° 5848).

COLLECTION FOLIO

Dernières parutions

6799.	Antoine Bello	*Scherbius (et moi)*
6800.	David Foenkinos	*Deux sœurs*
6801.	Sophie Chauveau	*Picasso, le Minotaure. 1881-1973*
6802.	Abubakar Adam Ibrahim	*La saison des fleurs de flamme*
6803.	Pierre Jourde	*Le voyage du canapé-lit*
6804.	Karl Ove Knausgaard	*Comme il pleut sur la ville. Mon combat - Livre V*
6805.	Sarah Marty	*Soixante jours*
6806.	Guillaume Meurice	*Cosme*
6807.	Mona Ozouf	*L'autre George. À la rencontre de l'autre George Eliot*
6808.	Laurine Roux	*Une immense sensation de calme*
6809.	Roberto Saviano	*Piranhas*
6810.	Roberto Saviano	*Baiser féroce*
6811.	Patti Smith	*Dévotion*
6812.	Ray Bradbury	*La fusée* et autres nouvelles
6813.	Albert Cossery	*Les affamés ne rêvent que de pain*
6814.	Georges Rodenbach	*Bruges-la-Morte*
6815.	Margaret Mitchell	*Autant en emporte le vent I*
6816.	Margaret Mitchell	*Autant en emporte le vent II*
6817.	George Eliot	*Felix Holt, le radical.* À paraître
6818.	Goethe	*Les Années de voyage de Wilhelm Meister*
6819.	Meryem Alaoui	*La vérité sort de la bouche du cheval*
6820.	Unamuno	*Contes*

6821. Leïla Bouherrafa — *La dédicace.*
6822. Philippe Djian — *Les inéquitables*
6823. Carlos Fuentes — *La frontière de verre.* Roman en neuf récits
6824. Carlos Fuentes — *Les années avec Laura Díaz.* Nouvelle édition augmentée
6825. Paula Jacques — *Plutôt la fin du monde qu'une écorchure à mon doigt.*
6826. Pascal Quignard — *L'enfant d'Ingolstadt. Dernier royaume X*
6827. Raphaël Rupert — *Anatomie de l'amant de ma femme*
6828. Bernhard Schlink — *Olga*
6829. Marie Sizun — *Les sœurs aux yeux bleus*
6830. Graham Swift — *De l'Angleterre et des Anglais*
6831. Alexandre Dumas — *Le Comte de Monte-Cristo*
6832. Villon — *Œuvres complètes*
6833. Vénus Khoury-Ghata — *Marina Tsvétaïéva, mourir à Elabouga*
6834. Élisa Shua Dusapin — *Les billes du Pachinko*
6835. Yannick Haenel — *La solitude Caravage*
6836. Alexis Jenni — *Féroces infirmes*
6837. Isabelle Mayault — *Une longue nuit mexicaine*
6838. Scholastique Mukasonga — *Un si beau diplôme !*
6839. Jean d'Ormesson — *Et moi, je vis toujours*
6840. Orhan Pamuk — *La femme aux cheveux roux*
6841. Joseph Ponthus — *À la ligne. Feuillets d'usine*
6842. Ron Rash — *Un silence brutal*
6843. Ron Rash — *Serena*
6844. Bénédicte Belpois — *Suiza*
6845. Erri De Luca — *Le tour de l'oie*
6846. Arthur H — *Fugues*
6847. Francesca Melandri — *Tous, sauf moi*
6848. Eshkol Nevo — *Trois étages*
6849. Daniel Pennac — *Mon frère*
6850. Maria Pourchet — *Les impatients*
6851. Atiq Rahimi — *Les porteurs d'eau*
6852. Jean Rolin — *Crac*

6853. Dai Sijie — *L'Évangile selon Yong Sheng*
6854. Sawako Ariyoshi — *Le crépuscule de Shigezo*
6855. Alexandre Dumas — *Les Compagnons de Jéhu*
6856. Bertrand Belin — *Grands carnivores*
6857. Christian Bobin — *La nuit du cœur*
6858. Dave Eggers — *Les héros de la Frontière*
6859. Dave Eggers — *Le Capitaine et la Gloire*
6860. Emmanuelle Lambert — *Giono, furioso*
6861. Danièle Sallenave — *L'églantine et le muguet*
6862. Martin Winckler — *L'École des soignantes*
6863. Zéno Bianu — *Petit éloge du bleu*
6864. Collectif — *Anthologie de la littérature grecque. De Troie à Byzance*
6865. Italo Calvino — *Monsieur Palomar*
6866. Auguste de Villiers de l'Isle-Adam — *Histoires insolites*
6867. Tahar Ben Jelloun — *L'insomniaque*
6868. Dominique Bona — *Mes vies secrètes*
6869. Arnaud Cathrine — *J'entends des regards que vous croyez muets*
6870. Élisabeth Filhol — *Doggerland*
6871. Lisa Halliday — *Asymétrie*
6872. Bruno Le Maire — *Paul. Une amitié*
6873. Nathalie Léger — *La robe blanche*
6874. Gilles Leroy — *Le diable emporte le fils rebelle*
6875. Jacques Ferrandez / Jean Giono — *Le chant du monde*
6876. Kazuo Ishiguro — *2 nouvelles musicales*
6877. Collectif — *Fioretti. Légendes de saint François d'Assise*
6878. Herta Müller — *La convocation*
6879. Giosuè Calaciura — *Borgo Vecchio*
6880. Marc Dugain — *Intérieur jour*
6881. Marc Dugain — *Transparence*
6882. Elena Ferrante — *Frantumaglia. L'écriture et ma vie*
6883. Lilia Hassaine — *L'œil du paon*
6884. Jon McGregor — *Réservoir 13*

6885. Caroline Lamarche — *Nous sommes à la lisière*
6886. Isabelle Sorente — *Le complexe de la sorcière*
6887. Karine Tuil — *Les choses humaines*
6888. Ovide — *Pénélope à Ulysse* et autres lettres d'amour de grandes héroïnes antiques
6889. Louis Pergaud — *La tragique aventure de Goupil* et autres contes animaliers
6890. Rainer Maria Rilke — *Notes sur la mélodie des choses* et autres textes
6891. George Orwell — *Mil neuf cent quatre-vingt-quatre*
6892. Jacques Casanova — *Histoire de ma vie*
6893. Santiago H. Amigorena — *Le ghetto intérieur*
6894. Dominique Barbéris — *Un dimanche à Ville-d'Avray*
6895. Alessandro Baricco — *The Game*
6896. Joffrine Donnadieu — *Une histoire de France*
6897. Marie Nimier — *Les confidences*
6898. Sylvain Ouillon — *Les jours*
6899. Ludmila Oulitskaïa — *Médée et ses enfants*
6900. Antoine Wauters — *Pense aux pierres sous tes pas*
6901. Franz-Olivier Giesbert — *Le schmock*
6902. Élisée Reclus — *La source* et autres histoires d'un ruisseau
6903. Simone Weil — *Étude pour une déclaration des obligations envers l'être humain* et autres textes
6904. Aurélien Bellanger — *Le continent de la douceur*
6905. Jean-Philippe Blondel — *La grande escapade*
6906. Astrid Éliard — *La dernière fois que j'ai vu Adèle*
6907. Lian Hearn — *Shikanoko, livres I et II*
6908. Lian Hearn — *Shikanoko, livres III et IV*
6909. Roy Jacobsen — *Mer blanche*
6910. Luc Lang — *La tentation*
6911. Jean-Baptiste Naudet — *La blessure*
6912. Erik Orsenna — *Briser en nous la mer gelée*
6913. Sylvain Prudhomme — *Par les routes*

6914. Vincent Raynaud	*Au tournant de la nuit*
6915. Kazuki Sakuraba	*La légende des filles rouges*
6916. Philippe Sollers	*Désir*
6917. Charles Baudelaire	*De l'essence du rire* et autres textes
6918. Marguerite Duras	*Madame Dodin*
6919. Madame de Genlis	*Mademoiselle de Clermont*
6920. Collectif	*La Commune des écrivains. Paris, 1871 : vivre et écrire l'insurrection*
6921. Jonathan Coe	*Le cœur de l'Angleterre*
6922. Yoann Barbereau	*Dans les geôles de Sibérie*
6923. Raphaël Confiant	*Grand café Martinique*
6924. Jérôme Garcin	*Le dernier hiver du Cid*
6925. Arnaud de La Grange	*Le huitième soir*
6926. Javier Marías	*Berta Isla*
6927. Fiona Mozley	*Elmet*
6928. Philip Pullman	*La Belle Sauvage. La trilogie de la Poussière, I*
6929. Jean-Christophe Rufin	*Les trois femmes du Consul. Les énigmes d'Aurel le Consul*
6930. Collectif	*Haikus de printemps et d'été*
6931. Épicure	*Lettre à Ménécée* et autres textes
6932. Marcel Proust	*Le Mystérieux Correspondant* et autres nouvelles retrouvées
6933. Nelly Alard	*La vie que tu t'étais imaginée*
6934. Sophie Chauveau	*La fabrique des pervers*
6935. Cecil Scott Forester	*L'heureux retour*
6936. Cecil Scott Forester	*Un vaisseau de ligne*
6937. Cecil Scott Forester	*Pavillon haut*
6938. Pam Jenoff	*La parade des enfants perdus*
6939. Maylis de Kerangal	*Ni fleurs ni couronnes* suivi de *Sous la cendre*
6940. Michèle Lesbre	*Rendez-vous à Parme*
6941. Akira Mizubayashi	*Âme brisée*
6942. Arto Paasilinna	*Adam & Eve*
6943. Leïla Slimani	*Le pays des autres*

6944.	Zadie Smith	*Indices*
6945.	Cesare Pavese	*La plage*
6946.	Rabindranath Tagore	*À quatre voix*
6947.	Jean de La Fontaine	*Les Amours de Psyché et de Cupidon* précédé d'*Adonis* et du *Songe de Vaux*
6948.	Bartabas	*D'un cheval l'autre*
6949.	Tonino Benacquista	*Toutes les histoires d'amour ont été racontées, sauf une*
6950.	François Cavanna	*Crève, Ducon !*
6951.	René Frégni	*Dernier arrêt avant l'automne*
6952.	Violaine Huisman	*Rose désert*
6953.	Alexandre Labruffe	*Chroniques d'une station-service*
6954.	Franck Maubert	*Avec Bacon*
6955.	Claire Messud	*Avant le bouleversement du monde*
6956.	Olivier Rolin	*Extérieur monde*
6957.	Karina Sainz Borgo	*La fille de l'Espagnole*
6958.	Julie Wolkenstein	*Et toujours en été*
6959.	James Fenimore Cooper	*Le Corsaire Rouge*
6960.	Jean-Baptiste Andrea	*Cent millions d'années et un jour*
6961.	Nino Haratischwili	*La huitième vie*
6962.	Fabrice Humbert	*Le monde n'existe pas*
6963.	Karl Ove Knausgaard	*Fin de combat. Mon combat - Livre VI*
6964.	Rebecca Lighieri	*Il est des hommes qui se perdront toujours*
6965.	Ian McEwan	*Une machine comme moi*
6966.	Alexandre Postel	*Un automne de Flaubert*
6967.	Anne Serre	*Au cœur d'un été tout en or*
6968.	Sylvain Tesson	*La panthère des neiges*
6969.	Maurice Leblanc	*Arsène Lupin, gentleman-cambrioleur*
6970.	Nathacha Appanah	*Le ciel par-dessus le toit*
6971.	Pierre Assouline	*Tu seras un homme, mon fils*
6972.	Maylis Besserie	*Le tiers temps*
6973.	Marie Darrieussecq	*La mer à l'envers*

6974.	Marie Gauthier	*Court vêtue*
6975.	Iegor Gran	*Les services compétents*
6976.	Patrick Modiano	*Encre sympathique*
6977.	Christophe Ono-dit-Biot et Adel Abdessemed	*Nuit espagnole*
6978.	Regina Porter	*Ce que l'on sème*
6979.	Yasmina Reza	*Anne-Marie la beauté*
6980.	Anne Sinclair	*La rafle des notables*
6981.	Maurice Leblanc	*Arsène Lupin contre Herlock Sholmès*
6982.	George Orwell	*La Ferme des animaux*
6983.	Jean-Pierre Siméon	*Petit éloge de la poésie*
6984.	Amos Oz	*Ne dis pas la nuit*
6985.	Belinda Cannone	*Petit éloge de l'embrassement*
6986.	Christian Bobin	*Pierre,*
6987.	Claire Castillon	*Marche blanche*
6988.	Christelle Dabos	*La Passe-miroir, Livre IV. La tempête des échos*
6989.	Hans Fallada	*Le cauchemar*
6990.	Pauline Guéna	*18.3. Une année à la PJ*
6991.	Anna Hope	*Nos espérances*
6992.	Elizabeth Jane Howard	*Étés anglais. La saga des Cazalet I*
6993.	J.M.G. Le Clézio	*Alma*
6994.	Irène Némirovsky	*L'ennemie*
6995.	Marc Pautrel	*L'éternel printemps*
6996.	Lucie Rico	*Le chant du poulet sous vide*
6997.	Abdourahman A. Waberi	*Pourquoi tu danses quand tu marches ?*
6998.	Sei Shônagon	*Choses qui rendent heureux* et autres notes de chevet
6999.	Paul Valéry	*L'homme et la coquille* et autres textes
7000.	Tracy Chevalier	*La brodeuse de Winchester*
7001.	Collectif	*Contes du Chat noir*
7002.	Edmond et Jules de Goncourt	*Journal*
7003.	Collectif	*À nous la Terre !*

7004. Dave Eggers — *Le moine de Moka*
7005. Alain Finkielkraut — *À la première personne*
7007. C. E. Morgan — *Tous les vivants*
7008. Jean d'Ormesson — *Un hosanna sans fin*
7009. Amos Oz — *Connaître une femme*
7010. Olivia Rosenthal — *Éloge des bâtards*
7011. Collectif — *Écrire Marseille.* 15 grands auteurs célèbrent la cité phocéenne
7012. Fédor Dostoïevski — *Les Nuits blanches*
7013. Marguerite Abouet et Clément Oubrerie — *Aya de Yopougon 5*
7014. Marguerite Abouet et Clément Oubrerie — *Aya de Yopougon 6*
7015. Élisa Shua Dusapin — *Vladivostok Circus*
7016. David Foenkinos — *La famille Martin*
7017. Pierre Jourde — *Pays perdu*
7018. Patrick Lapeyre — *Paula ou personne*
7019. Albane Linÿer — *J'ai des idées pour détruire ton ego*
7020. Marie Nimier — *Le Palais des Orties*
7021. Daniel Pennac — *La loi du rêveur*
7022. Philip Pullman — *La Communauté des esprits. La trilogie de la Poussière II*
7023. Robert Seethaler — *Le Champ*
7024. Jón Kalman Stefánsson — *Lumière d'été, puis vient la nuit*
7025. Gabrielle Filteau-Chiba — *Encabanée*
7026. George Orwell — *Pourquoi j'écris* et autres textes politiques
7027. Ivan Tourguéniev — *Le Journal d'un homme de trop*
7028. Henry Céard — *Une belle journée*
7029. Mohammed Aïssaoui — *Les funambules*
7030. Julian Barnes — *L'homme en rouge*
7031. Gaëlle Bélem — *Un monstre est là, derrière la porte*
7032. Olivier Chantraine — *De beaux restes*

7033. Elena Ferrante — *La vie mensongère des adultes*
7034. Marie-Hélène Lafon — *Histoire du fils*
7035. Marie-Hélène Lafon — *Mo*
7036. Carole Martinez — *Les roses fauves*
7037. Laurine Roux — *Le Sanctuaire*
7038. Dai Sijie — *Les caves du Potala*
7039. Adèle Van Reeth — *La vie ordinaire*
7040. Antoine Wauters — *Nos mères*
7041. Alain — *Connais-toi* et autres fragments
7042. Françoise de Graffigny — *Lettres d'une Péruvienne*
7043. Antoine de Saint-Exupéry — *Lettres à l'inconnue* suivi de *Choix de lettres dessinées*
7044. Pauline Baer de Perignon — *La collection disparue*
7045. Collectif — *Le Cantique des cantiques. L'Ecclésiaste*
7046. Jessie Burton — *Les secrets de ma mère*
7047. Stéphanie Coste — *Le passeur*
7048. Carole Fives — *Térébenthine*
7049. Luc-Michel Fouassier — *Les pantoufles*
7050. Franz-Olivier Giesbert — *Dernier été*
7051. Julia Kerninon — *Liv Maria*
7052. Bruno Le Maire — *L'ange et la bête. Mémoires provisoires*
7053. Philippe Sollers — *Légende*
7054. Mamen Sánchez — *La gitane aux yeux bleus*
7055. Jean-Marie Rouart — *La construction d'un coupable.* À paraître
7056. Laurence Sterne — *Voyage sentimental en France et en Italie*
7057. Nicolas de Condorcet — *Conseils à sa fille* et autres textes
7058. Jack Kerouac — *La grande traversée de l'Ouest en bus* et autres textes beat
7059. Albert Camus — *« Cher Monsieur Germain,... »* Lettres et extraits
7060. Philippe Sollers — *Agent secret*

Tous les papiers utilisés pour les ouvrages
des collections Folio sont certifiés
et proviennent de forêts gérées durablement.

Composition PCA/CMB
Impression Novoprint
à Barcelone, le 30 septembre 2022
Dépôt légal : septembre 2022

ISBN 978-2-07-297837-1 / Imprimé en Espagne

433521